Candaya Narrativa, 90

LAS VIDAS QUE NO VIVÍ

Diseño de la colección: Francesc Fernández
Imagen de la portada: Olga Subirós

Primera edición: Junio de 2023

Camí de l'Arboçar, 4 - Les Gunyoles
08793 Avinyonet del Penedès (Barcelona)
candaya@candaya.com
www.candaya.com
facebook.com/edcandaya

BIC: FA
ISBN: 978-84-18504-61-7
Depósito Legal: B 12254-2023

PATRICIA ALMARCEGUI

LAS VIDAS QUE NO VIVÍ

EDITORIAL CANDAYA

A mi amiga Carmina, gran narradora

I

Hay un callejón que mi corazón ha robado
de los barrios de mi infancia.
Y el viaje de un cuerpo a lo largo de la línea del tiempo,
y la inseminación de la línea del tiempo con la forma,
una forma consciente de una imagen,
que vuelve de una fiesta en el espejo.
Y es así
como alguien muere
y alguien vive.

Forugh Farrojzad
Fragmento de "Otro nacimiento".

EL NORTE DUELE. Los acantilados negros caen al mar en agujeros sin fondo. Los barcos no pueden fondear y las gaviotas bajan hasta que su sombra se confunde con la de los paseantes, y chillan porque creen que alguien intenta llevarse a sus crías de los nidos entre las rocas. Un barco extraviado chocó en el invierno empujado por el viento norte. Murieron 156. Fueron 156 personas las que perdieron la vida, pero un hombre consiguió subir por el acantilado. Buscaba los huecos de la pared para hincar las uñas y seguir, mientras las piedras caían al precipicio. Encontró un saliente que le rajó la palma izquierda pero se aferró para subir. Los golpes de mar quedaron atrás y el viento lo empujaba hacia delante. Una vez arriba bajó la cabeza para caminar mejor y se tapó los oídos con las manos. Respiraba a golpes, con dificultad. Abrió la boca para coger más aire y correr por el sendero que se perdía en el interior, pero las piedras afiladas le interrumpían el paso y le quitaban el aliento. Esquivó los hoyos de agua salada pero no a una oveja muerta. Tenía la quijada abierta y seca señalando hacia el mar. La miró mientras se levantaba del suelo y el corazón le partía el pecho. Le faltaba el aire entre tanto viento. A un kilómetro vio el humo que salía de una chimenea. Al llegar al lloc entre la tramontana y la lluvia asomó el rostro por la ventana. Era el único superviviente y no hablaba el mismo idioma que los habitantes de aquella casa. Cogió un carbón de entre las brasas y dibujó varias escenas. El barco en plena navegación, el barco hundiéndose y los cuerpos flotando entre las patatas que comió durante la primera noche. Hay quien dice que subió por Cala des Morts, pero no es verdad. Pasó la primera noche agarrado a una roca y luego en una cueva. Se alimentó con patatas del cargamento que flotaban entre las olas y estaban duras, saladas y rompían los dientes, pero cuando llegó a la casa no quiso desayunar lo mismo que los aparceros y señaló el pan, la leche y pidió un huevo frito. Para que no volviera a ocurrir el desastre se construyó un faro un año después. El norte duele. Y la gente se asoma al saliente para evocar la memoria de los que ya no regresarán del mar. El viento es helado y paraliza los músculos de la cara pero si se presta atención y se mira más allá del horizonte se puede escuchar el piano del paquebote que naufragó en 1910 y que hacía la ruta entre Marsella y Argel.

Cuando llega la estación de las lluvias, el agua busca su camino. Sigue la pendiente de siglos y cruza las fincas. Se lleva todo a su paso. Las paredes secas ceden, los pozos burbujean y el barro recorre siete kilómetros arrastrando bombonas de butano y alfombras hasta llegar al puerto de Ciutadella. En la prensa dicen que arrastra animales. "Se ha llevado animales a su paso" y no ponen sus nombres porque no se atreven. Nombrarlos sería recordar los diluvis pasados y que en la isla hay que convivir con el horror de la naturaleza. Siempre vuelve a pasar. Los cuerpos se descomponen antes cuando se ahogan. Es mejor quemarlos que enterrarlos. Los van a buscar a las casas y terrenos y se los llevan al matadero. Los pesan y antes de echarlos a la hoguera el dueño debe pagar un euro por cada kilo que pesa el animal. Como si aún hiciera falta saber más cómo eran. La piel negra, el vientre hinchado, la cojera, el aullido y el socorro. A los pájaros el granizo los pilló intentando refugiarse en los árboles. Cayeron al suelo y había que sortearlos al caminar como si fueran metralla o frutos caídos de sus nidos. Los gatos buscaban los agujeros negros de las gateras, pero el agua corrió tan rápido que los empujó hasta la playa de Santandria y la arena se llenó de extremidades extendidas y bocas abiertas.

Después de la tormenta, la luz es limpia y transparente. A través de los pinos de Cala en Turqueta se ve un azul fresco. El verde pistacho está en la marina baja de Cala Morell, verde esmeralda en las lagunas de Lluriac, verde manzana de camino a la playa de Cavalleria, verde limón en los prados de La Vall, verde jade en las laderas de Es Murtar, verde oliva en el Barranc D'Algendar, verde menta en el paseo de Sa Farola y verde translúcido desde el Mirador de Santa Águeda. A veces las vacas parecen formaciones rojas de arcilla entre los pastos. Cúmulos informes que se mueven lentamente y se agrupan y desperdigan y miran a los ojos mientras hacen saltar la tierra verde y marrón oscura con las pezuñas. El naufragio del Général Chanzy sucedió dos años antes que el del Titanic. La familia de Lucie Weill pensó que había viajado en el trasatlántico británico: pertenecía a los pasajeros de primera clase, era francesa, de pelo negro y cuerpo fuerte y no tenía más de 25 años. Sin embargo, no fue así. Murió en el naufragio del Général Chanzy y su cuerpo fue rescatado por los contratorpederos franceses enviados para el salvamento. Se identificó como "Cuerpo 7" y se enterró en el nicho

108 del cementerio de Ciutadella. La encontraron desnuda, con zapatos de tacón de cordones negros, un pendiente y dos anillos. Nadie la reclamó durante más de dos años. ¿Por qué pensaron que había fallecido en el Titanic? ¿Y si el único superviviente del Général Chanzy hubiera sido una mujer? ¿Y si los dos, Lucie y el hombre que remontó el acantilado, se hubieran cruzado en cubierta antes de que se los llevara la tormenta? Él la vio fumar un cigarrillo Gauloises con la barbilla altiva señalando hacia el mar y pensó en pedirle fuego. Quería ver de cerca sus ojos negros. Ella ya conocía Argel y tenía una mirada sabia aunque triste. Tras el hundimiento, él se refugió en la cueva y creyó ver a pocos metros su cuerpo flotando, siguiendo arriba y abajo los movimientos de las olas y, por un momento, distinguió un reflejo luminoso, un brillo blanco en la parte izquierda del rostro vuelto hacia arriba.

Tras el naufragio del Général Chancy se celebró una velada en el Casino de la Unión Republicana de Ciutadella en memoria de los fallecidos. Se recitaron varios poemas sobre el desastre y se vendió entre los asistentes uno titulado "Pobres náufragos", que un vecino había escrito para la ocasión. Con ese dinero y una suscripción voluntaria que se hizo después, se sufragó una parte del monumento del homenaje a las víctimas. En la Academia de San Estanislao de Maó se organizó un pase de imágenes sobre el naufragio. A las que proyectaron, se podrían añadir tres más. La imagen de las personas que esperaban a los amigos y familiares en el puerto de Argel a la hora prevista de llegada pero que no vieron aparecer en el horizonte la silueta del barco, y que aguantaron la humedad y el frío que subía por los talones hasta la columna y que no volvieron a casa en toda la noche, aunque ya les habían avisado que no, que probablemente no llegaría. Las bocas abiertas, los ojos atónitos, ni una palabra y un silencio denso y oscuro. La llegada a Marsella del único superviviente con la misma ropa que llevaba cuando naufragó: un chaleco, un pantalón y una chaqueta. Como si nada hubiera pasado, como si fuera el mismo y la ropa y su alma no estuvieran heridas. Y el Charles-Roux, el paquebote que hacía el mismo recorrido entre Marsella y el norte de África, y que sabiendo el temporal que se avecinaba, se refugió en el puerto de Barcelona en vez de seguir camino el mismo día en que el Général Chancy partía de Marsella: aunque decidió cambiar de rumbo a última hora y seguir otro itinerario para evitar el mal tiempo, el destino lo siguió y lo atrapó en la costa más cruel y bella de la isla.

Los esfuerzos para salvar el Général Chanzy resultaron inútiles. Los pecios se encontraron hundidos a unos diez metros de profundidad. El casco se rompió en varios fragmentos. La hélice había desaparecido. No fue posible reconocer ninguna pieza de la obra muerta de proa, la parte saliente del barco de la línea de flotación, pues se había hundido en la zona más profunda del codolar. Hay quien dice que la punta del roquedal se desprendió por causa del golpe, y que asomándose desde allí se podía ver el timón roto. Aún hoy hay quien se atreve a bajar para comprobarlo.

Los pocos restos del naufragio se pusieron a la venta en una subasta pública pero no hubo interés en comprarlos. ¿Quién querría los pecios dispersos de una tragedia? Se regalaron prácticamente y se dividieron con el tiempo entre varias manos y casas. Tener algo de la catástrofe recordaba la noticia que había sido portada de la prensa mundial e invitaba a contarla de nuevo. Como si se estuviera en el lloc de Son Escudero al que había llegado el superviviente y se contara la historia entre la lluvia, la tramontana y delante del fuego, dibujándolo todo con un carbón en la pared. Hay quien dice que los vecinos recogieron enseres de los tripulantes y restos del casco. Iban de noche para evitar a las patrullas que habían enviado para el salvamento y continuaron haciéndolo después del siniestro. Quizás buscaban los números de lotería que un administrador de Barcelona aseguró había enviado a Argel. Iban en un cofre y, el cofre, dentro de un baúl. No aparecieron, ni tampoco el cofre, pero el baúl se vendió en una tienda de Ciutadella como si fuera nuevo. Solo hubo que barnizarlo, el agua del mar lo había protegido de hongos y carcomas. La mujer que lo llevó a la tienda aseguró que era del barco y que cuando niña había visto dentro un cofre negro. A la pareja que compró el baúl le atrajo la historia del naufragio. El baúl olía al limón y a la naranja con que lo frotaron para ahuyentar los bichos y lo pusieron a la entrada de su hotel. Lo forraron de rojo y lo dejaron abierto con libros de fotos y arquitectura de la isla. En la tienda encontraron también una brújula de hierro pintada de blanco y rojo. Era antigua, probablemente de principios del siglo XX, y la dueña aprovechó para decirles que debía de ser otro resto de la tragedia. Se la llevaron para ponerla en la porxada y adornar las noches de verano, cuando los clientes buscaban las corrientes de aire entre la humedad y el calor. Pero no la llegaron a colgar, la aguja imantada se desprendió al sacarla de la bolsa y se quedó olvidada para siempre en un almacén del hotel.

Me gustaría que se despertara y notar alguna patada suya. Así vería conmigo Cala Morell y le contaría que yo soy otra: por haber vuelto a casa, por tenerla en la barriga, porque me siento débil y vulnerable, y cuando lo eres, te quieren y te cuidan más. En octubre el viento norte todavía llega tibio y sopla de frente. Estar al sol es como si te pasara la mano por la piel alguien lejano que habías olvidado. Estoy tumbada boca arriba con la barriga al aire y le doy friegas muy suaves. Los codolars se clavan en la espalda. Me pongo de costado y veo las ronchas ovoideas en el antebrazo, franjas profundas y oscuras. Me gustaría bañarme pero no creo que pueda sortear las piedras. Podría caer. Desde los replans del fondo llegan unos acordes. Una guitarra. Primero suena una bulería y luego un trozo de algo de Bach. Alguien ríe, pide otra cosa y no espera a que empiece la música. Es una voz de mujer, de soprano, clara y tibia. Mientras, yo le doy friegas muy suaves a la piel de mi barriga y, a través de ella, a mi hija. Nombrarla así por primera vez. "No en té, casi, de platges: sols té penyals altíssims;/ tota ella és pedra viva, tota ella és de granit;/de tant com l'han batuda los temporals fortíssims, /ja no li queda arena per a formar son llit". El viento cambia y se hace más fuerte. Una racha fría me salpica y me restriego la sal de los ojos con los puños.

Levanto la cabeza para mirar entre las piernas y otra racha de viento oscuro trae consigo el azul profundo de la sima de la bocana de la izquierda de la cala. Entonces noto una patada en las entrañas. La guitarra puntea, alguien recita y yo me acuerdo de los únicos versos que conozco sobre estar embarazada. Ojalá vaya todo bien. He vuelto para no marcharme.

Un italiano muy alto sale del agua y me salpica. Lleva un pulpo entre las manos y se lo enseña a su pareja. Los tentáculos tienen el mismo color que la piel de sus dedos y aún se mueven en el aire. Lo golpea contra una roca, cae al suelo y lo recoge. Lo vuelve a golpear y a recoger, y así una y otra vez. Ella le dice que si le da golpes pares, no quedará duro cuando se cocine. Cuento hasta diez, pero noto otra patada. Es más fuerte que la anterior y me hace llevar la mano a la barriga para buscar su pie. Pongo mi mano sobre sus dedos. Me gustaría oírla. Apoyar la oreja como una niña con su hermana contra la piel de la madre. Lo intento, escucho con toda la atención que puedo, pero el mar está cada vez más rizado y el agua retrocede en la orilla llevándose las piedras. Las patadas paran y el ruido del viento y el mar contra la orilla aumentan. A pesar de todo, el sol quema. Ya no habrá más días de sol así. Me levanto y voy hasta las rocas grandes del fondo. Me agarro a ellas y entro en el agua muy despacio. De medio lado, sorteo las piedras del fondo y busco los trozos de arena roja para poner los pies y no resbalar. Una ola pequeña barre la orilla y me hace perder el equilibrio. Me caigo de costado pero me doy la vuelta con unas brazadas. Me quedo flotando boca arriba, como una ahogada.

Cuando dejé Barcelona para regresar a Menorca, decidí que quería vivir en Ciutadella. Estar en el pueblo para no aislarme demasiado. Pensé que así todo sería más fácil durante los últimos meses del embarazo, pero no encontré nada para alquilar. Puedes quedarte, me decían en todas partes, pero tendrás que irte durante los meses de verano; y poco después: puedes quedarte, pero tendrás que irte de abril a octubre. Tuve que ir a vivir al antiguo hotel de Torrepetxina, que ocuparon los amigos hace tiempo, mientras encontraba algo. Estaba al lado del hortal que compraron mis padres cuando éramos pequeños. Nunca pensé que llegaría a ocurrir algo así. Ahora estaba abandonado. Durante años lo había llevado una pareja de Barcelona. Lo compraron casi en ruinas y lo fueron recuperando poco a poco entre ellos mismos y dos paletas de Ciutadella. Trajeron un par de muebles del Mercat dels Encants en la furgoneta y arreglaron alguna cosa más de segunda mano que compraron en la isla. Luego vinieron a vivir a Menorca y lo tenían abierto todo el año. En verano se alojaban amigos suyos que venían de Barcelona: artistas, escritores, y se dice que pusieron el nombre del hotel a una canción y a una novela corta, que pintaron dos cuadros al óleo, uno del jardín y otro de una marina de una cala del sur. Papá y mamá iban a veces a cenar. El hotel era el sueño de una jubilación, pero él enfermó y le ofrecieron una suma que nunca habría pensado por una casa con hortal tan bien resuelta y coqueta, y volvieron a Barcelona. Hacerte la casa en la que quieres morir y tener que venderla. Abandonarla con los recuerdos de los amigos, de la familia, cuando sabes que ya no te queda suficiente vida para empezarla otra vez. Quienes la compraron después dijeron también que sería su casa.

Pero no era verdad. Ni vinieron a vivir ni la compraron solo ellos. Nos enteramos más tarde: un grupo financiero con sede en otras islas lejanas quería hacer un hotel único, envidiable y carísimo. Así que Laia, Joan y otros de la panda se reunieron y lo decidieron. Ocuparon el viejo hotel de Torrepetxina mientras estaba cerrado y vacío, cuando ya las paredes que miraban al norte se estaban enmoheciendo. Los propietarios nunca lo supieron porque nunca vino nadie. Al menos al principio. Mientras, los carteles luminosos de las tiendas y los negocios de Menorca volvían al francés y al inglés, como las lenguas de las dominaciones y conquistas del siglo XVIII: *bistrot, croissanterie, relais, move, home, real, estate, luxury, chateaux, property, boutique…*

Mi dormitorio en el hotel tenía cuatro ventanas. Cuando lo ocuparon los amigos, no había cristales. Quitaron la verja de hierro de la entrada y la cambiaron por una barrera de madera. Había un camino hasta la casa que se llenaba de gamones y dientes de león en primavera. El edificio estaba rodeado por una valla mitad pared seca y mitad de alambre. Tenía una porxada que miraba al sur con un techo de madera y tres postes. Querían haber construido tres arcos, como en las casas de siempre, pero no hubo tiempo suficiente. Los materiales seguían allí. Al oeste había una caseta de piedra que había servido de almacén, y trajeron también una vieja caravana que pusieron al lado. El huerto miraba al sur y no se veía desde la entrada ni desde la porxada porque lo tapaban los ullastres, pero a veces llegaba el olor seco de las tomateras.

Al norte de la isla, a unos 30 kilómetros de Torrepetxina está Cala Pregonda. Tiene repartidas nueve casas a lo largo de la orilla del mar y, cuando llegas andando y las descubres desde las alturas, las añoras como si fueran tuyas. Porque Cala Pregonda es el paraíso. Como un jardín. Antes de ir a estudiar a Barcelona, yo soñaba con tener la primera de aquellas casas que se veía desde lo alto cuando llegabas desde Binimel-là. Había visto en una revista de decoración una foto en la que ponía algo así como maison tropézienne, y esa casa me la recordaba. Tejados a dos aguas muy grandes que caían sobre la playa y se juntaban con el verde de la marina, el dorado de la arena y el azul del agua. Luego estaba la más atrevida, que entraba directamente en la lengua de la playa y daba al mar, la preferida de los paseantes, una caseta de vorera que habían ampliado y que me interesaba menos porque ya la disfrutaba en invierno: era el lugar donde comíamos el bocadillo y las churras después del paseo. Allí dejábamos las ropas cuando nos atrevíamos a bañar, y nos tumbábamos para tomar el sol protegidas por la pared del sur, Laia y yo. Pero ahora la que más me gustaba era la del fondo. Me imaginaba viviendo ahí con mi hija, entrando en el mar, de vieja, muy poco a poco hasta desaparecer. Menorca y Cala Pregonda podrían ser el sitio perfecto para morir. El paraíso. En la casa del fondo había sitio para un jardín: desde la playa no lo parecía, pero yo sabía que se podía hacer. Yo no tenía casa propia pero soñaba con un jardín. Y en mi cuarto de Torrepetxina trabajaba en bocetos, ideas para diseñar ese sueño. La mitad la haría yo y la otra mitad las abejas. La casa tenía diferentes estructuras, y parecía hecha con las piedras de la montaña. Frente a ella, de un blanco demasiado deslumbrante para unas rocas menorquinas, emergía la formación rocosa más extraña de la isla. Una forma peregrina. Con aristas, cortante pero serena, enmarcando la playa y avisando de que, a partir de ella, el mar era otro, se abría hacia el norte y todo podía pasar. Nadie sabía cómo había llegado hasta allí, como si las rocas se hubieran movido solas.

Mamá, papá, estéis donde estéis, he vuelto a la isla.

Sentía molestias en el coño pero me asomé por encima de la barriga de siete meses para verlo mejor y no encontré nada. Laia estaba bien y dijo que no notaba nada raro. El picor era cada vez más grande y me empezaba a doler. La carne se volvió rosa palo y los pelos negros y violentos la interrumpían. Un bosque quemado. Me metí en la orilla transparente y busqué entre la arena pero no encontré nada. Arrastré los pies haciendo surcos pero tampoco vi peces araña. ¿De verdad que no te duele?, le pregunté a Laia. Me tumbé desnuda en la arena boca arriba pero la quemazón había llegado a la vagina y me escocía. La piel me tiraba. ¿Quieres que nos vayamos?, dijo ella. Me metí otra vez para ver si el frescor me aliviaba. El mar estaba muy claro y aumentaba el tamaño de mis pies como una lente. Las venas eran muy azules y se veían las cicatrices por tomar el sol desde niña. Tenían forma de lágrimas, gotas, guisantes. Cogí el mar con las manos para comprobar si pesaba y vi entre las líneas del destino unas sombras inquietantes. Las levanté hacia el sol para observarlas mejor. Eran muy pequeñas, había miles y movían los tentáculos. Medusas, pequeñísimas. Pero a mí no me han picado, dijo Laia. Será porque yo he hecho pis dentro. ¿Tú no has hecho?, le pregunté.

Era verano y amanecía. Era otro tiempo. Mamá, papá, Albert, Bep y yo habíamos acampados en la vieja tienda azul entre los pinos. Lo primero que hacíamos al llegar era ir hacia al ullastre de siempre, el más viejo, el del tronco más ancho, el que decían que tenía más de trescientos años, y colgar el columpio de madera. Así empezaba todo. Si hacía viento sur, pasábamos el fin de semana en Algaiarens, y si hacía norte íbamos a Son Saura. Ese día estábamos en Algaiarens. En el hortal teníamos sandías, tirabecs, lechugas y calabazas y allí cogíamos espárragos, setas, porros y a veces apio, muy pequeño y de hojas más claras que el tallo, de sabor fuerte, casi picante. Ese sábado mamá me despertó con la luna aún brillando en el cielo y me llevó en brazos a ver el mar y las rocas. Lo recuerdo bien, como si fuera hoy. Son las cosas que haces en los días más felices de tu vida. Íbamos solas, las dos, y yo envuelta en una manta. Nos paramos al lado de un tronco con el que hoy harían una escultura. Mira, esta piedra parece doblarse, esta triplicarse, esta sonreír, esta estar enfadada, esta estar tumbada como las olas, esta parece que lleva a cuestas otra isla pequeña, esta es como si una mujer abrazara a su hijo. Esta es, ¡como nosotras! La playa era así, como la mirada y la voz de la madre. Papá se ocupaba del hortal donde nos instalábamos en verano. Iba dos o tres veces a la semana durante el año cuando terminaba la faena. A mamá también le habría gustado ocuparse, estar sola en el campo, ir y venir desde el pueblo con el viento de frente y el sol en la cara, pensar o no sobre sus deseos, perderse de camino para comprar algo, beber un gin, visitar a alguien. Pero nunca lo hizo. Era aparadora. Cosía a máquina los zapatos en casa y trabajaba en un rincón del cuarto de estar todo lo que podía, aprovechando el tiempo que le dejaba el cuidado de la casa, nosotros, e incluso después de cenar. Los árboles de nuestro hortal eran frutales. Había nísperos, almendros, un ciruelo de prunas amarillas que salían para Sant Joan y un peral. También un caqui, al único que no se le caían las hojas y cambiaba de color en otoño. Ocre en el jardín, en una isla que no tenía otoño ni árboles que cambiaran de hojas. Mamá había arreglado un balancín entre las dos higueras y papá pintó de rojo un banco al lado del safreig que, al principio, usábamos para regar el jardín, y donde a veces venían a beber palomas y garzas que bajaban desde las copas de los pinos del lloc de la carretera. En verano se oían las ranas durante las noches. Cuando llegó el agua corriente, lo vaciamos y lo llenamos para bañarnos. Mis hermanos me cogían de los brazos y las piernas y me tiraban al pozo, con violencia, y el agua salpicaba y entraba por la ventana de la cocina. Un día, mamá dijo que había que pintar el safreig de color turquesa, como Cala en Turqueta. La ayudamos a mezclar el color verde con el blanco en las latas, y removíamos la mezcla con un trozo de una rama del caqui. No había brochas para todos y a mí me tocó un pincel. Iba lenta, tenía que hacer fuerza para apretar y que las cerdas no salieran del zócalo. Yo pintaba por dentro, mis hermanos por fuera, y cuando terminé de pintar de blanco el borde y quise salir no podía hacerlo sin mancharme. Me había quedado encerrada. Grité a mis hermanos. Albert se rió de mí y llamó a Bep para que me viniera a verme. Entraron en la casa y me dejaron ahí. Se hizo de noche y entró el frío. El color turquesa se oscureció y yo seguía removiendo la pintura de las latas con el palito del caqui. Por si acaso. Por si había que seguir pintando, por si mis hermanos y mamá necesitaban más color. No recuerdo cómo salí. Tiempo después, los vecinos talaron los pinos para que los graznidos de las garzas se fueran a otro lugar. Dejamos de sentarnos en el banco los cinco y de empujar al último que llegaba para que cayera al suelo. Era bonito ver a las garzas rozar el agua y llevarse algo en el pico: un níspero, una flor del almendro, una lombriz que aún no había llegado al fondo, y luego ascender y volverse nube y cielo. Eso era el jardín. Aprendí a mirar, a entender que las cosas nacen y mueren. Papá y mamá me enseñaron a oír cómo llegaban la primavera y el invierno.

Estaba sola en casa con mis hermanos. Los papás habían pasado a cenar con los vecinos. Era la de en medio, pero Albert y Bep tenían que cuidar de mí. Pórtate bien y no les hagas enfadar, me recordaron antes de salir. Me quedé en el cuarto de estar al final del pasillo profundo y oscuro. Tenía una muñeca de trapo a rayas negras y azules con unas piernas muy largas que arrastraba por el suelo cuando la cogía por la cintura. Marga, creo que se llamaba. Me la habían traído los reyes aunque yo había pedido una bicicleta. Me tomó un tiempo, pero llegué a quererla. La puse mirando a la ventana delante de una banqueta y jugamos a tiendas. Tenía carne mechada que había hecho picando hojas del laurel con una piedra. Leche, mojando macarrones en agua; y cacao, apretando la tierra seca del huerto. Los papás me habían dado permiso. Podía jugar después de cenar y, si se hacía tarde y aún no habían vuelto, debía irme a dormir. Era muy habladora. Hablaba con Marga de la comida que llevaba a la tienda, con los clientes, de los platos que haría al día siguiente. Hacía paquetes con papel de periódico y cobraba apretando las teclas de una caja registradora roja y amarilla. Albert entró sin llamar y se rió de mí. Hablando sola como las locas, dijo. Llamó a Bep. Siempre llamaba a Bep, y él, el más pequeño, venía corriendo desde donde estuviera. A la cama, ordenó. Pero tenía permiso y yo era justa, muy justa, y habladora. Seguí jugando con Marga y mirando hacia la ventana, pero los papás no venían. ¿No me has oído? Estaba pasando la leche por un colador pequeño de plástico y gritó. ¡A la cama! ¡Ya! Se derramó y manchó las piernas flácidas de Marga. La muñeca me miró, tenía los ojos muy abiertos. No voy a ir a dormir, tengo permiso de los papás, dije. El periódico se había caído al suelo, el cacao había manchado la alfombra y una hoja de laurel voló por la corriente de la ventana. ¿A que te pego una hostia?, dijo, y Bep asintió con la cabeza. Mientras, frotaba las piernas de Marga con un papel de periódico, pero la leche seguía allí. Me agaché a recoger los juguetes del suelo. ¿A que te pego una hostia?, repitió. Entonces me di cuenta. Me puse de pie y le llegaba solo a la cintura. Vamos, pégame una hostia de una vez, siempre estás amenazándome, dije. Albert me miró y no hizo nada. Vámonos, Bep, está loca.

En casa, un universo de día, otro de noche.

Me gustaría que se despertara y notar alguna patada suya. Así vería conmigo que he vuelto a la isla y le contaría que yo soy otra. Mientras tanto, me acuerdo de los únicos versos que conocía entonces sobre estar embarazada.

Heura, victòria marçal, germana
estrangera, de cop feta present:
Com desxifrar el teu llenguatge bàrbar
i violent que força els meus confins
fins a la sang, un repte que no em deixa
ni les cames tan sols per a fugir!
¿Quins ulls i quines mans –no pas les meves–
sabrien veure't com un tacte, sols,
com la bellesa feta carn, desclosa
sobre el meu ventre, sense interrogants?

Maria Mercè Marçal

LOS DÍAS MEJORES DE MI VIDA los pasé en Aqda, mi pueblo, a una hora de Yazd. Hice una casa de una planta al final de la carretera, antes del camino que subía hacia la montaña y que bordeaba el río. Iba siempre que podía y cuando tenía vacaciones. Todos los días hacía lo mismo: desayunaba, daba un paseo de dos horas siguiendo la ribera, hacía la comida y dormía un poco. A veces venían mis primas, Mina y Maryam. Habían estudiado diseño de moda en Yazd y me hacían vestidos con telas de alguno de sus negocios. Me daban a elegir, pero siempre me quedaba la misma. El algodón de rayas anchas y oscuras me recordaba a los trajes de niña. Por las tardes, me quedaba en la pradera delante de casa. Allí estaban los columpios que hice para mis hijos, Azade y Alí, y que usó Mana. Se veían a través del bosquecillo del jardín, del granado y de las tres hayas que crecían muy lentas. Me recordaban al tiempo que me quedaba y la vida que había tenido. De cuando mis hijos eran pequeños y de cuánto tuve que trabajar. De mi salón de belleza, de los embargos, del padre de mis hijos que nunca nos pasó dinero, del apartamento en el que vivimos de recién casados y que se jugó a las cartas lentamente, mientras yo intentaba conseguir el dinero para pagar las deudas. Perdió las habitaciones una a una. Empezó por las que menos valían: cada partida, un dormitorio. Primero el de los niños y luego el nuestro. Hasta que se jugó la cocina y el salón con los muebles del regalo de bodas de mis padres, y nos echaron a la calle. La casa en Aqda la arreglé yo sola. Puse los suelos con la hormigonera, uní las tuberías para que el agua cayera en la pradera, cambié la vieja instalación eléctrica, pinté por fuera y por dentro. No tuve más remedio. Cuando no podía, pedía ayuda a los primos. Fui poco a poco y por fin la terminé. De pronto, ya no me quedó nada más por hacer. ¿Qué pasa cuando se termina lo que más se desea?

Echo de menos remover la tierra con los dedos. Han plantado azafrán en la isla pero cada vez llueve menos. El azafrán no se riega. Dicen que el viento norte lleva sal marina y lo hace más fuerte. No se cultivaba aquí desde el siglo XIV y lo plantaron de nuevo en el XXI. He puesto también un poco en el huerto. Me recuerda a la infancia. No había tenido un huerto desde entonces. Me hace olvidar que el tiempo pasa. Allí se está bien. No hay nadie y puedo venir en bicicleta desde Ciutadella. Hace tiempo hicieron un huerto y sigue orientado al sur. En la isla hay poca tierra. Cuando se empieza a cavar, enseguida aparecen las rocas. Hay que hacerlo en los espacios que quedan entre los bloques de piedra y de tierra desperdigadas por el patio. No me importa, vengo de un lugar seco. Hay que haber vivido en el desierto, en los oasis, para sentir y conocer de verdad ciertas emociones. Además, aquí la tierra es roja. Y en Ormuz un amigo pintor me enseñó que los colores también saben y huelen. El rojo huele a sal y sabe a almizcle. De momento, preparo la tierra, hago agujeros grandes para los bulbos, meto los dedos en la humedad de la arcilla y he plantado tres rosales. Cuando miro el amarillo, veo que la sangre recorre los tallos, explota en las venas de la única rosa y los pétalos laten y envuelven el corazón. Luego, levanta la cabeza fuera del cáliz y se dirige hacia los pájaros. ¿Cómo podría morirme si el huerto no está terminado?

Irán es seco, por eso nos gustan tanto las flores, los árboles, la luz, los colores. Cuanto más seco es, más soñamos con lo que no tenemos. El ciprés, la rosa, el granado se desean, y gracias al esfuerzo, aún los queremos más. Yo creo que allí crecen más lentos. Sale un grano redondo y oscuro que después es rama. Una hoja clara que luego es capullo. Una granada comida por los pájaros con una raja carmesí por donde caen los granos al suelo. Todo va más despacio, se ve crecer y desaparece el misterio. Las flores, los árboles, la luz, los colores son así por naturaleza y porque sí. O no, quizás es al revés y aún es más misterioso. Como los hijos. No se pueden dejar solos un segundo, hay que cuidarlos todo el tiempo, termina el día, no has hecho otra cosa y, de pronto, han crecido y se han ido de casa. Misteriosos. De pequeña teníamos en casa una parra con uvas amarillas chiquitas que nadie recogía. No había tiempo, había que cuidar el campo, ir al colegio, recoger la casa, cocinar. Había moscas en los frutos secos, marrones, delgados, podridos pero dulces. Daba sombra a la mesa de la entrada, donde hacíamos las fiestas familiares. Debajo me casé yo hace mucho tiempo.

En un país seco, y la luz también es más fuerte. Yo creo que en Irán hay más colores que en otros sitios porque hay más sombras y reflejos. El dorado, por ejemplo. Hay oro dentro de los edificios y en las cúpulas, y también espejos. Por eso a los poetas iraníes les gusta escribir sobre el vino. Porque en el líquido se ven más reflejos y sombras. Madre nos recitaba poemas cuando éramos pequeños, padre no. Decía un verso y con la sílaba que terminaba empezábamos otro. No sabíamos leer pero conocíamos muchos poemas. A veces era una palabra, rosa, bucle, jacinto, pestaña. Un hermano la oía y el otro empezaba un verso con ella. Éramos seis y el juego duraba horas, a veces en casa, a veces en el campo. Madre quiso que fuéramos a la escuela, padre no lo sé. Se quedaba en una esquina del salón sentado en el suelo al terminar el día con su pantalón de pijama de rayas y el pecho al aire. Agotado, también, y no hablaba, se dormía, y cuando se despertaba nos sonreía y volvía a cerrar los ojos. Dale un beso, nos recordaba ella. Besa a tu padre, y entonces me acercaba y él me preguntaba, ¿Necesitas algo?, y se dormía de nuevo. No tuvieron estudios pero mi madre fue una mujer muy curiosa. Los seis hijos fuimos a la escuela gracias a ella. Solo un hermano fue a la universidad, es ingeniero y vive en Abarkuh. Los demás se quedaron en el pueblo y vivieron del campo. Solo yo quise marcharme a Yazd. Soy la pequeña.

Creo que mis hijos me quieren a mí más de lo que quise yo a mis padres. He sido la primera de la familia que vive diferente y lo he tenido que hacer todo sola. Azade es la pequeña, ella sí ha tenido a otras mujeres en las que fijarse, yo no: mi madre no pudo ser un ejemplo ni tampoco la abuela. Alí es el mayor, y cuando era pequeño, no se iba a dormir hasta que yo regresaba del trabajo: se metía entre mis brazos mientras hablaba con mi madre. Si lo mandaba a dormir, volvía y se escondía detrás de la puerta. Yo veía su ojo derecho color almendra mirándome mientras la abuela me llamaba mala madre. Luego se metía en la cama conmigo, me acariciaba el pelo y decía, No pasa nada mamá. ¿Quién era el hijo mayor, él o yo?

Alí es el padre de Mana, que ha heredado los ojos color almendra de la familia. Cuando pienso en Mana puede ver todo lo que no he tenido. Se crió conmigo en la casa de Aqda, venía los fines de semana y las vacaciones. Su padre estaba contento de que pasara tiempo en el pueblo. A Mana le gustaba preguntarme por mi vida, por la de mi madre, por la de la abuela. Quería saber todo sobre nosotras, cómo habíamos vivido. Yo le decía que no era importante, pero se empeñaba en tomar notas en cuadernos como si estuviera estudiándome. Quise hacer con Mana lo que no pude hacer con mis hijos.

Xisco y Margalida me han llevado a Macarella. Dicen que es su playa favorita y querían que la conociera. Íbamos a ir caminando desde Cala Galdana pero había tanta gente que no hemos podido dejar el coche en el parking. Hemos seguido hasta Cala Morell. No había nadie. Era como un campo vacío por el que hubiera pasado un vendaval capaz de llevarse solo lo que menos pesara, los árboles delgados y secos, las piedras sueltas, las copas de las palmeras, los deseos que no se cumplieron y los que fueron demasiado lejos. Había casas grandes y blancas con piscina, sin vallas, delante de los acantilados. Miraban hacia el viento y estaban vacías. Los cristales de las ventanas que estaban sin tapiar se movían y los pinos se inclinaban hacia el interior de la isla. Fuimos hasta el camino del poblado costero y aparcamos en lo más alto, pero al salir el viento se llevó la puerta del coche y no nos atrevimos a seguir. Me lo contaron dentro: Xisco dijo que tenía 1500 años y Margalida me habló de la forma de barco de las casas de las rocas. Imaginamos el humo del fuego, la harina del molino y el lugar donde guardaban el agua para beber. Mientras, el viento movía el coche. Yo seguía mirando los chalets de los bordes del acantilado y me parecían fantasmas, casas de muertos. ¿Cómo se verán dentro de 1500 años? La cala desde arriba tenía forma de pez, una sima profunda en la bocana de la izquierda y unos azules que no recuerdo haber visto antes. Conté tres: índigo, ártico y marino. Pero algo pasaba porque no tranquilizaba el verlos. El azul es también el color de la locura, y creo que podría haberme echado a volar desde allí. Seguí la sima hacia arriba y vi unas rocas con forma de animal. Un cuerpo ancho y corto, cuatro patas y una trompa. Era una elefanta. En la coronilla tenía un poco de vegetación y vi unos bulbos de azafrán silvestre.

Es primavera y todo huele. En la carretera a Ciutadella hay más colores y animales. Los pájaros se cruzan por delante de la bicicleta y un xoric vuela hasta la rotonda de entrada al pueblo e intenta ponerse encima de la pared seca. Como si estuviera vacío y no hubiera seres humanos. Ha llegado una carta al apartado de correos. Es Mana, le pedí que me escribiera, como hacía cuando era niño. Ya he recibido dos, y las he guardado en el baúl viejo del hotel en una caja verde de madera que encontré en la playa. Me gusta leerlas por la tarde cuando se va el sol y ver su letra pequeña. Sé que a Mana también le gustará hacerlo cuando yo ya no esté. Yo le enseñé a escribir. Apretaba muy fuerte el lápiz y rompía el papel cuando cerraba los círculos. Aún lo hace, y pasé los dedos por la cara de detrás de la hoja para sentirlo. Pero la letra del sobre era diferente y tenía un presentimiento. No esperé a ir al huerto para abrirlo. Qué alegría tan grande: decía que iba a venir. La situación es insostenible, escribió en negro. Me guardé la carta en el pecho y lloré de camino a la cooperativa. Tenía que comprar semillas y planteros, ese día aún más, era primavera y venía Mana. Había pensado mucho lo que quería plantar, solo lo imprescindible, pero me llevé también una maceta de azucenas blancas. Madre las llamaba flores de diez lenguas, porque tenían cinco pétalos y cinco estambres. Si el azafrán tuviera tantos, cogería más y todo sería más fácil.

En el camino de vuelta me crucé con más bicicletas. Eran viejos, como yo, y algunos llevaban cubos azules detrás con cosas del huerto. A uno lo había visto más veces, lo saludé con la barbilla y se me quedó mirando cuando entré en el viejo hotel. Fui al huerto a guardar por fin los bulbos para el año siguiente. Los busqué entre la tierra y corté al ras los tallos. Los limpié bien, los envolví en papel de periódico y encontré un lugar oscuro para que pasaran la primavera y el verano. Los puse en el baúl al lado de las cartas de Mana. Cogí un vaso de agua fría con tres hojas de hierbabuena y me senté en la porxada para oler la primavera. Qué haces aquí, me preguntó de pronto una sombra. Me había quedado dormida y no me había dado cuenta de que entraba alguien. Llevo el huerto, contesté. ¿Y tú? Vivo aquí. Estaba embarazada y tenía los ojos de color almendra. Llevaba un sobre en una mano y una hoja extendida en la otra. ¿Vas a plantar para el verano?, preguntó. Sí. Pues no sé si se te dará tiempo a recogerlo. Nos echan, tenemos que desocupar el hotel. No son buenos tiempos, y me enseñó la carta con un aviso que no entendí. ¿Me invitas a un té, por favor?, me pidió.

Se agarró a un tablón de madera roto y el cuerpo quedó abandonado a los movimientos del mar. Sabía que chocaría contra las rocas, como había hecho el barco, pero así tal vez podría llegar a tierra. Otra madera se le cruzó por delante de la cara e intentó cogerla también. Entonces se dio cuenta: llevaba aún en la mano la argolla a la que se había agarrado en la cubierta para no caer al mar. La soltó y pensó seguirla, dejarse caer al fondo para dejar de luchar. Pero creyó ver por un momento, en la costa, dos puntos negros que brillaban, los ojos de Lucie, y se mantuvo a flote. Los gritos, chillidos, alaridos, aullidos de socorro de los 155 tripulantes habían dejado de oírse, solo quedaba el mar, y quizá ella y él. Aguantó la respiración cuando las maderas chocaron contra una roca y aprovechó para abrazarse a ella. Era oscura y tenía cuerpo de mujer. La apretó con tanta fuerza que se rasgó el interior de los brazos. Los tablones siguieron su camino y se embarrancaron en tierra. Se quedó abrazado y con el cuerpo hundido en el agua hasta que se hizo de día. La luz del alba llegó desde el acantilado, le sobrepasó la cabeza, hasta que alcanzó por fin la costa. Allí estaban las dos maderas y nadie más. Aún quedaban horas de luz suficientes para construir un refugio. Luego vería de dónde sacaría fuerzas para subir por el acantilado. Estaba exhausto pero imaginó una cabaña. Apenas quedaban restos para levantarla: si hubiera un hueco grande en la pared, podría hacerla y se fijó en una cueva de rocas y arcillas casi enfrente de él. Ya tenía el techo y el muro sur del habitáculo. Limpió el suelo e hizo dos montones. Uno, de rocas negras y otro, de palos secos. Arrastró con los pies desnudos las dos maderas y les dio la vuelta para que se secaran bien al sol antes de tapar con ellas el refugio. Había un baúl a la deriva que, siguiendo los movimientos del mar, se acercaba hacia la cueva. Podría cogerlo e intentar usar la madera para la construcción, pero temió caer de nuevo al agua. Dejó que siguiera golpeando contra las rocas de esa costa que no conocía: isla, península, país o continente. A los lados, había masas redondas de una vegetación corta y tupida que parecían muy blandas. Tocó una antes de sentarse pero se pinchó y continuó de pie, mirando y esperando a alguien de frente al mar. Mirando y esperando a alguien de frente al precipicio. Cuando las maderas se secaron, las arrastró a la entrada de la cueva, las puso de pie y tapó lo que pudo de la entrada. Con los palos, cubrió huecos y ranuras. Fue entonces, cuando estaba ya sentado dentro, cuando lo vio. Había un fémur entre la arena. Lo lanzó fuera con rabia, aún le quedaban fuerzas, y esperó el ruido del golpe seco al caer. En cambio, escuchó un sonido metálico. Había ido a parar encima de una planta de formas geométricas perfectas donde había quedado atrapada una brújula. Permaneció toda la noche en la cueva, otra vez frío, otra vez húmedo, otra vez sin dormir. Se había quedado solo, no había sobrevivido nadie más, y cuando cerraba los ojos entre el delirio y el insomnio, que son también otros lenguajes, escuchaba las risas del barco, los niños en la cubierta y el ragtime de un piano negro que se confundía con los ojos de Lucie. Lo decidió al alba, intentaría subir por el acantilado para pedir ayuda.

Volvió la vista atrás para ver la cabaña por última vez, su refugio y morada, y empezó a escalar. Hay quien dice que no volvió nunca más a Menorca.

Los perros no entran en la casa. Hay espacio suficiente en el jardín y una caseta de madera que construyen los padres con los hijos para que se refugien cuando hace mucho frío. No llevan collar ni saben qué es una correa. Intentan atarlos para sacarlos a dar un paseo, pero erizan la piel, mueven la columna compulsivamente y arrastran el pecho en el camino de entrada porque no entienden por qué tienen que llevar algo agarrado al cuello. Viven en el jardín y hacen mucho ruido: cuando persiguen a las gallinas, cuando encuentran una culebra, cuando hurgan en los agujeros oscuros de la tierra para sorprender a los erizos, cuando cazan las ratas, que son grandes, pesadas, lentas y nadie se imaginaría nunca que pudieran vivir en un jardín. Las llevan muertas hasta la puerta de la cocina con las marcas de los dientes en el lomo, las ponen entre las patas y esperan que alguien salga para enseñar su regalo.

Los animales intuyen los terremotos, los incendios, pero se quedan atónitos cuando llega el agua. Ese día se esconden debajo de la caseta de las herramientas. Repiten por instinto, repiten por hambre, repiten porque quieren que los amos sigan queriéndolos, pero no oyen el agua que llega. Los perros gritan, aúllan cuando sufren, cuando se quedan colgando de una pata atrapados en el alambre de la valla por la que no tienen que saltar. Y el grito es tan extraño, tan agudo y doliente, que resuena en los campos y nadie adivina de qué animal se trata. Porque de eso sí se dan cuenta, de que hay un agujero por el que escapar en la valla cuando la noche se hace demasiado larga y el jardín, pequeño.

La tormenta no dura más de veinte minutos. La tierra está seca y no puede absorber el agua que grita hace meses. La arcilla la hace más roja y más bella pero la convierte en una pista resbaladiza. Baja prácticamente desde Punta Nati y recoge lo que no se ha limpiado ni talado. Pasa por el Canal des Horts y desde lo alto parece una herida en la tierra, conducto que encuentra el agua para ser más veloz y violenta, por lugares que fueron huertos y que los años han convertido en viviendas. Ese deseo que no cesa de vivir en el paraíso.

El agua arrastra el barro, los árboles, las vallas, los rosales, las maderas, los troncos, las copas, las hojas de palmera, y choca con la pared. Busca su lugar natural pero no lo encuentra. Las piedras lo intentan. Retienen lo que pueden pero se va almacenando. Hasta que se forma la ola. No es grande, pero ellos no la ven ni la escuchan. Están agazapados bajo la caseta. A pesar de la lluvia, sobresalen dos patas y un hocico negro y dos patas y un hocico blanco y negro. Las colas erizadas hacia arriba chocan contra la tarima. No hay tiempo para mucho más. La ola entra y se lleva todo por delante. Cuatro horas después un río atraviesa el jardín. Sigue fluyendo marrón oscuro con una corriente sonora. En el lugar hay un cuerpo negro boca arriba sobre un túmulo de barro. Hierático, seco, sorprendido, hinchado como si lo hubieran disecado para siempre. Es la victoria del diluvi y los dueños no están en la casa.

II

A veces uno debe inventarse la voz de los otros
para que la propia [no] se haga presente.

Eduardo Ruiz Sosa
El libro de nuestras ausencias

ÉRAMOS UNA FAMILIA DE OCHO PERSONAS: mis padres, mis cinco hermanos y yo. Mi madre tuvo dos abortos y mi hermano Abbas murió de unas fiebres con tres años. Dicen que tendría que acordarme de él. Era más guapo que tú y más alegre, decían, pero no me acuerdo. Nos criamos en el pueblo. Una casa de una planta con un jardín que no teníamos tiempo para cuidar. Mi padre trabajaba en el campo. Había venido del norte, del mar Caspio, y trabajaba en las tierras que le dieron mis abuelos a mi madre cuando se casaron. Cultivaba cereales: trigo y cebada; y frutales: uvas, manzanas, almendras, sandías y melones.

De pequeña, los días eran largos. Había que hacerlo todo. Ir al colegio, trabajar en el campo y ayudar en casa. Parecía que los hombres y mujeres trabajábamos igual, pero nosotras debíamos hacer también las tareas de casa al acabar en el campo. Tenía que tener la misma fuerza que mis hermanos. Nos despertábamos cuando todavía no salía el sol, trabajábamos en el campo, íbamos al colegio y después volvíamos al campo antes de que se hiciera de noche. No, nosotras no tuvimos tiempo para jugar. Mi hermano mayor tuvo estudios y yo no, porque mi madre no quería que las mujeres sufrieran, que sus hijas sufrieran.

Nadie nos enseñó, pero sabíamos hacerlo todo porque había que hacerlo.

Tenía ocho años y sabía llevar el tractor. Mis hermanas estaban con mi madre en las almendras, mis hermanos ayudaban a mi padre a cambiar las tejas de la caseta de las herramientas y yo tenía que acabar de labrar. La tierra saltaba a trozos. Cuando el tractor pasaba, cambiaba de color y se volvía oscura. La humedad y el marrón se mezclaban en la cabina con el olor de la gasolina. Me gustaba. El tractor tropezaba con las piedras, saltaba y el cojín de mi asiento y yo volábamos por los aires. Tenía ocho años y casi no llegaba al volante. Para cambiar de marcha, usaba las dos manos. Había días que solo recogíamos las piedras de los campos, las amontonábamos y luego hacíamos los muros que los encerraban. Nos poníamos en fila y nos las pasábamos de uno en uno. Era la penúltima y todavía no iba al colegio.

Recuerdo a mi madre con su delantal verde lavando el arroz bajo el grifo. Pelaba las berenjenas, las hacía sudar con sal y desgranaba las granadas para el pollo. Ella decidió tener su espacio y le pidió a mi padre unas tierras para cultivar azafrán. El dinero que sacara sería para ella sola.

El campo era el más alejado de todos pero también el que tenía más sol. El azafrán necesita mucho sol. El primer año los ratones se comieron los bulbos y, al año siguiente, los conejos acabaron con las flores. Después pusimos una alambrada y vimos cómo crecían las estrellas lilas. Me gustaba cuidar el campo. Me gustaba quedarme sola en él. Las flores brotaban y era un milagro de color. Los pistilos se movían con el viento y el rojo de los estambres asomaba entre los pétalos. La primera cosecha la cogimos de cuclillas. La segunda, con un gorro de paja. Con las puntas de los dedos buscábamos los tres estigmas y tirábamos de ellos. Mamá decía que había que tratarlos con mucho cuidado, como a los hombres. Mientras cantaba canciones de Mahasti, y nosotras la seguíamos, mi padre nos miraba desde el pasillo y sonreía.

Antes de casarme, viví en la casa de unos familiares de mi madre en Yazd. Había ido a estudiar y tenía 17 años. Limpiaba, cocinaba y estudiaba por las tardes. A los dos años, me contrataron como aprendiz en una peluquería. Era la mejor de mi clase. Estaba cansada de limpiar y cocinar, y busqué un piso para compartir. Pero mi madre dijo que no me dejaría: una hija suya nunca viviría con desconocidos. A los pocos meses, me ascendieron y empecé a secar y marcar. Tenía más dinero y seguía buscando un piso para irme de la casa, pero no tenía fuerzas para enfadarme con mi madre.

Conocí a Mahdiar poco después. Me lo presentó una compañera de la peluquería. Trabajaba en una gasolinera y era muy guapo. Alto, delgado, los ojos color almendra y unas cejas muy anchas. Tenía muchos sueños, todos imposibles, pero yo me dejé hacer y me creí lo que decía. Salimos, íbamos a bailar, al cine, hacíamos excursiones. Pasó el tiempo y me parecía cada vez más alto y que sus ojos eran más bonitos. Yo quería vivir en un piso con mis amigas pero mi madre no me dejaba. Yo no quería vivir con la familia de mi madre y Mahdiar decía que quería casarse conmigo. Yo quería dejar de limpiar y cocinar, de hacer lo mismo que mi madre, y creí que sería feliz con él. Me empeñé en casarme. Él hizo todo por ello y, un año después, celebramos la boda. Alquilamos un apartamento y lo decoré tan feliz. ¡Por fin tenía una casa para mí! No sé qué habría hecho hoy en esas circunstancias y si hubiera vivido en Menorca. Probablemente lo que hago, construir un huerto en un viejo hotel ocupado y sola.

Lo sé hace mucho: nací antes de tiempo

En la peluquería estaban contentas conmigo. Para entonces ya hacía cortes de pelo. Mi jefa quería que fuéramos socias y me dijo que estaría bien que invirtiera en el negocio. Se lo dije a Mahdiar y contestó que no tenía más dinero: todo se había ido en la casa.

Me di cuenta a los pocos meses de casada: bebía y se gastaba lo que no tenía en apuestas. No debería haber vivido con él pero me quedé embarazada y había que mantener a la familia. Hoy habría sido otra cosa. No teníamos dinero y tuve que encargarme de todo, de la comida y de los niños. A veces, él dejaba cosas a deber y nos amenazaban, pero éramos una familia. ¿Cómo iba a separarme?

¿Qué pasa cuando dejas tu casa?

SE LEVANTÓ PARA IR AL BAÑO y se abrió paso entre la fila del cine. Era sábado y estaba prácticamente lleno. Vuelve en cuanto acabe la película, le habían dicho sus padres, las calles estarán revueltas. Era el 19 de agosto de 1978 y la celebración del XXV aniversario de la restauración del Sah en el trono coincidía con el aniversario del golpe de Estado en 1953 contra el primer ministro derribado, Mohammad Mossadegh, quien nacionalizó el petróleo por primera vez en Irán. Había quedado para ir con dos amigas pero finalmente ellas prefirieron ir al cine Soheila a ver una comedia. En el Rex, ponían el último pase del día de la película *Gavaznha* (*El ciervo*) de Masoud Kimiaiyi, que acababa de pasar la censura. Qué película tan triste, para eso ya tenemos la vida diaria, le dijeron. Pero ella admiraba al actor Behrouz Vossoughi y veía todas sus películas.

El cine estaba en el segundo piso de un edificio de locales comerciales con una galería en el nivel inferior. Fue al baño de mujeres pero el estado era lamentable y tuvo que taparse con el pañuelo la nariz. Se fijó en el suelo de la sala de entrada: la moqueta había sido roja y tenía marcas de cigarrillos. No había nadie, así que fue al baño de los hombres e intentó entrar, pero la puerta estaba atrancada. Empujó con todo el cuerpo un par de veces y oyó voces en el interior. Qué pasa, preguntaron, pero ella no se atrevió a decir nada. No se puede entrar, dijeron. Y notó un olor fuerte a gasolina que venía de dentro y volvió a taparse la nariz con el pañuelo. Qué asco de país. Tenía que ir al baño y era urgente. Fue a la taquilla y le dijo a la mujer que volvería enseguida. La cafetería más cercana tenía lavabos pero solo eran para los clientes. A Samira no le dio la gana pagar y buscó otro sitio. Era un restaurante de comida rápida pero no tenían baño. Entró finalmente en una frutería. La atendía una mujer con pañuelo y le dijo que era urgente. La dejó pasar al interior y usar el habitáculo que habían convertido en baño. Samira le compró un plátano a cambio. ¿Vienes del cine?, preguntó la mujer, han ido mis hijas, mañana intentaré ir yo. Es una buena película, comentó Samira mientras abría el plátano. Aligeró el paso para volver y subió las escaleras hacia el cine. Volvió a sentir el olor de la gasolina. Buscó el pañuelo para cubrirse la nariz. Entonces levantó la cabeza y lo vio. Vio a unos hombres que cerraban la puerta. Era el cine Rex, era Abadan, era el 19 de agosto de 1978, era el último pase de la película, eran las 20.10 horas. Esperen, voy a entrar, gritó, pero no la oyeron. Qué asco de país. Entonces se dio cuenta. Había humo, un olor fuerte a quemado, y 600 personas en el interior sentadas en las butacas. Los hombres echaron a correr y se perdieron escaleras abajo hacia las callejuelas que rodeaban el edificio. Samira lo vio todo y no vio nada. Como en una película. Oyó los golpes contra las puertas cerradas, primero de puños y luego de cuerpos y avalanchas. Primero fueron gritos de ayuda y luego aullidos desarticulados. Pronto se confundieron con el bramido y el crepitar del fuego. Creyó oír una o dos explosiones, pero el dolor y el ruido detrás de las puertas cerradas eran tales que podían ser vigas que caían, columnas que no aguantaban más o alaridos. Algunos intentaron huir por el tejado pero no hubo tiempo, el fuego de las butacas se propagó tan rápido que el techo no lo soportó y se hundió. Oyó también las sirenas de los camiones cisterna de los bomberos, pero no llevaban agua. Tardarían horas en extinguir las últimas brasas y el cine quedaría reducido a una estructura de madera sembrada de ladrillos huérfanos. La policía no estaba muy lejos pero reaccionó tarde y, cuando consiguieron abrir las puertas, la estructura, había cedido totalmente. Samira no pudo ver más allá, el cordón policial cerraba el acceso, pero el olor era otro, no era de madera, ni tampoco de gasolina. Seguía con la entrada del cine en la mano: fila siete, sillón pasillo.

Volvió a casa pero no dijo nada. Esperaba que sus padres no se hubieran enterado aún e intentó meterse en la cama sin que la vieran y hacerse la dormida. Pero lo sabían y estaban aterrorizados. Samira les contó lo que había visto, lo que había olido, lo que había sentido y todo lo que no se había hecho. No se lo cuentes a nadie en tu vida, le pidieron. Ella oyó esa noche cuchichear a sus padres desde el dormitorio y abrió la puerta para espiar. No creo que haya habido un ataque con más muertos en la historia, dijo su padre. Es el inicio de una revolución, y acabará con el Sah, dijo su madre.

CUANDO ME SEPARÉ pensé que por fin podía tener mi propio salón de belleza. No tenía dinero y fui al banco a pedir un préstamo. Me acompañó Tahiré, mi mejor amiga, era contable y sabía de esas cosas. Preparamos lo que tenía que decir y repetí palabra por palabra lo que ella me había dicho: tenía titulación, experiencia, me acababa de separar y necesitaba trabajar para mantener a mis hijos y a mí. ¿Su marido, dónde está?, me preguntó el hombre de la oficina cuando se lo conté. Estoy separada, ya se lo he dicho. Sí, pero si no viene con él no puedo darle más información sobre el crédito. Por eso estamos aquí, dijo Tahiré, quiere el crédito para poner un salón de belleza y ganar dinero, se ha separado, su marido no tiene dinero y tiene que mantener a sus hijos. ¿Qué hará en el salón de belleza?, preguntó él. Cortes de pelo, tintes, uñas, yoga…, contesté. Tahiré me dio un golpe en el tobillo y callé. El hombre sonrió. Apoyó las manos en el borde de la mesa e inclinó el cuerpo hacia nosotras. La boca le olía agria, verde y podrida. ¿Para qué quiere hacer esas cosas?, preguntó. Recuerdo cómo miraba. Intenté abrochar mi camisa para que dejara de buscarme los pezones. Mire, yo sin su marido no puedo decirle nada más, venga otro día con él y hablaremos. Sí, pero…, intentó decir Tahiré. Además, si se lo damos y no está él, ¿quién le va a firmar el préstamo?, terminó.

Tardé varios meses en tener el dinero. Me lo prestó mi familia. Mi madre me ayudaba en la casa y con los niños pero, cuando inauguré el salón, algo en ella cambió. Casi no me hablaba al llegar a casa y, si lo hacía, no me miraba a los ojos. No soporto a la gente que no mira a los ojos. Le pasaba algo. Pensé que era demasiado trabajo para ella, cuidar de la casa y de los niños, y llamé a la hija de unos amigos para que lo hiciera. Mi madre me lo echó en cara. ¿Cómo puedes meter a una desconocida en casa?, son tus hijos.

No me lo esperaba.

Pensaba que era demasiado trabajo para ti y no quería que te cansaras, le dije. Eres tú quien debería estar en casa, nadie más, ni esa chica ni yo, ¡olvidarte de tus obligaciones e ir a trabajar!, además, qué sabes hacer tú, ¿qué vas a hacer sola en esa peluquería?, ¿qué puedes darles?, nada, no puedes darles nada.

No me lo esperaba.

El salón de belleza estaba a las afueras de Yazd, en un bajo de un piso de cuatro alturas de bloques de color amarillo. Fue el mejor de la ciudad. Contraté a Maria y a Mojgan para que me ayudaran. Una representante me habló de una máquina que proyectaba colores. Se ponían en el cuerpo y activaban las emociones. Naranja, alegría. Morado, tranquilidad. Rojo, pasión... Yo solo quería tener lo mejor. Trabajaba toda la semana y tenía muchas deudas, pero nunca me faltaron clientas. La mayoría no pagaban los servicios: los dejaban a cuenta y pasaba el marido a hacerse cargo. Algunas les cogían dinero a escondidas para venir y otras guardaban de la compra diaria hasta que podían pagar. Los tratamientos eran otra cosa:

siempre venían los maridos con ellas antes de empezarlos. Ellos querían saber qué hacían y en qué gastaban el dinero. Eran servicios más largos y me dejaban más beneficios. Pero seguía sin ganar bastante para pagar lo que debía. A muchas mujeres no les cobraba. ¿Cómo iba a hacerlo si tenían que robar para venir?

Me lo propuso un día el marido de una de las clientas. Quería hablar a solas conmigo, sin su mujer. Me preguntó por mi marido, quería hacerle una propuesta. Le dije que tendría que hablar conmigo, porque estaba separada. No lo sabía. Dijo que estaba pensando en hacerse cargo de las deudas del salón, podría invertir dinero para mejorarlo, con lo bien que iba y las clientas que tenía, daría más dinero. Le dije que no me parecía una mala idea y contestó que solo ponía una condición: el dirigiría el salón. Y me recordó que era mejor que no supieran que estaba separada, una mujer así no estaba bien vista. No tuve más remedio. Necesitaba el dinero.

Mi cuñado había dejado de hablar con mis hijos. No se fiaba que le devolviera el dinero que me había prestado para el salón. Pero había otra razón, siempre es la misma: me había propuesto que me casara con un amigo suyo y yo no quería. Algunas amigas dejaron de llamarme. No hizo falta que me dijeran por qué. Yo sabía que una mujer soltera era una mujer rara, casi una amenaza. Mis padres tampoco me hablaban. No entendían que no me quedara con mis hijos en casa. Estaba sola y lo único que podía hacer era trabajar. Mentir y lavar cabezas. Mentir y cortar el pelo. Mentir y dar masajes. Mentir y presionar con las uñas las contracturas. Mentir y preparar los tintes. Mentir y cantar mantras. Mentir, en el salón, en casa, con la familia y los amigos.

Ella llegó de un día para otro. Se llamaba Mina, era su mujer y había sido también clienta mía. Su marido me sorprendió con la noticia. Me dijo que ella dirigiría el salón a partir de entonces: él tenía cosas más importantes que hacer. Empezó otra etapa y cambiaron muchas cosas. Por ejemplo, la obsesión por ahorrar. Teníamos que dejar limpias las toallas y los cubrecabezas antes de volver a casa. Cada día llegaba a casa más tarde y los niños ya estaban en la cama. Me pedía que fuera a comprar los tintes y me hacía ir caminando. Cuando volvía, estaba esperándome con el reloj en la mano, como hacía su marido con ella. Decía que había tardado mucho, que eran solo veinte minutos y que había estado fuera veinte y cinco.

El ambiente que había cuando yo llevaba el salón no era igual. Ya no era alegre. Ella solo sonreía a las mujeres de dinero: lo más importante era la clase social. Era cutre. Hacía cosas imposibles. Cuando se acababan los tarros de crema para los tratamientos de la cara, los rellenaba de vaselina. Pero lo peor era que no trataba bien a las mujeres. Solo era simpática y educada con las que tenían dinero. Perdimos muchas clientas. Decía que era por mi culpa y por la de las chicas. No sabíamos tratar a las mujeres con clase. Y ella sí sabía, porque era como ellas.

El salón no iba bien y pensamos en cerrar una parte para ahorrar dinero. Su marido me hizo otra propuesta. El negocio no va como pensaba, ¿quieres volver a ser la encargada?, me preguntó. Dije que sí, no tuve más remedio, tener un negocio era una lucha diaria y, si eras mujer, más. Yo solo quería ser autosuficiente, no pedir nada a nadie. Pero tampoco funcionó. Mina me perseguía como un fantasma.

Solo queda una solución, hay que traspasar el salón, dijo él finalmente, y lo pusimos todo a la venta. Después de que se cerrara, pasé una época muy mala. Di muchas vueltas a lo que había pasado. Qué habría podido hacer de otra manera y cómo podría haber sido mi vida para que fuera de otro modo. Durante mucho tiempo creí que las cosas estaban en mis manos y que no había sabido elegir ni mi vida ni a mi marido. Pero ahora lo sé: no fue culpa mía. Me lo contó mi cuñado semanas después. Ya me he enterado, funciona así: él entra en negocios en marcha, invierte, se hace con la dirección y luego los traspasa por mucho dinero. ¡Qué inocente eres!, pensabas que ibas a tener un negocio así, sin un marido.

Pero yo nunca me casé con su amigo.

Es fuerte y de estatura mediana. El Sah Naser ad-Din no ha heredado la complexión ancha de su padre ni su mirada dominante y profunda. Tiene los ojos negros, grandes y saltones, un bigote afilado cortado a la moda inglesa, y lleva los gorros cónicos típicos de la dinastía a la que pertenece, la qajar, que gobierna en Irán desde finales del siglo XVIII hasta cinco años después del golpe de estado de Reza Sah en 1921. Naser ad-Din ama la fotografía y la protege y practica toda la vida. La culpa la tiene la reina Victoria de Inglaterra. La monarca encarga a una legación diplomática persa que visita el país que lleve una cámara fotográfica como regalo para Naser ad-Din, cuando solo tiene 11 años y gobierna su padre Muhammad Sah. Hasta su muerte, Naser ad-Din utiliza la fotografía para documentar su vida y la de una parte del país. El arte fotográfico es demasiado caro y solo está al alcance de la aristocracia. El Sah acaba de ampliar el palacio Golestán y ha pedido que se mezclen generosamente la decoración europea con la persa. Allí ha construido el único estudio de fotografía del país y ha convertido un edificio real en un cuarto oscuro. Su afición es tal que crea además dos instituciones para salvaguardar la fotografía: un archivo y una galería. Un monarca qajar, el Sah de Persia, responsable del relato visual de una nación. Los visitantes extranjeros lo saben y le llevan como regalo álbumes de fotos de sus países. Son de cuero y caoba y algunos pesan mucho, pero a él no le importa, los criados le ayudan a manejarlos cuando pide que los saquen de las librerías del Salón del Sol del palacio. A veces no llegan a guardarlos y les pide que los dejen apoyados en alguno de los atriles de madera de tres patas que hay desperdigados por las habitaciones de Golestán. Sabe que al atardecer saldrá a la terraza del gran iwan y aprovechará la luz del reflejo de los pequeños espejos de la decoración y los rojos y azules de las vidrieras cerca del trono de mármol para dedicarse en soledad a una de sus grandes aficiones: mezclar las fotos de los álbumes extranjeros con las suyas o las que otros toman de su familia, y colocar entre ellas fotos de concubinas, retratos de primeros ministros, músicos de la corte, diplomáticos extranjeros, paisajes, edificios y panoramas. En ocasiones, los últimos rayos de sol se reflejan en las vidrieras, los colores envuelven el patio y su figura, y por un momento cree ver algo extraño que no recuerda haber visto antes. Las fotos dejan de ser en blanco y negro y se hacen reales. Aparece el rojo de una alfombra, el azul del mar Caspio, y la luz dorada que envuelve el iwan en cuyo borde está sentado coincide con el color de la foto que tiene en las manos. Vidrieras, reflejos, sol, luz, color o únicamente la imaginación. Naser ad-Din tiene también una colección de fotos con macetas, tiestos de barro sencillos hechos con arcilla de la región de Yazd sin ningún motivo decorativo, con jazmines, geranios o margaritas. A veces tienen la misma altura que los retratados y las flores se confunden con los cabellos o con los motivos de las ropas. ¿Por qué le gustan tanto los tiestos de tierra seca? ¿Por qué le gusta tanto la fotografía?

El fotógrafo originario de Rusia, Antoin Sevryugin, se instala en Teherán y monta un estudio. Procede del mundo de la pintura y conoce bien el arte europeo. El Sah le pide que reproduzca los edificios de Teherán y retrate la vida de la corte. Él le sugiere también fotografiarlo y al monarca le gusta la idea. Accede encantado: perpetuar su imagen con los códigos, las poses y los atrezos europeos es otra manera de formar parte de la historia de Irán, esa que, muchos años más tarde, cambia tan inesperada y radicalmente que a nadie se le ocurrió que hubiera habido necesidad de documentarla. Pero hay otro retrato de un autor desconocido que quizás estuvo entre las páginas de los álbumes marrones de las librerías de palacio: Naser ad-Din está sentado en una silla en los jardines apoyado en un bastón, lo rodean sirvientes de tres generaciones que miran a la cámara entre asustados y expectantes, como si estuvieran a punto de echarse a correr por alguna petición o incómodos por formar parte de un encuadre tan solemne. Han colocado un fondo para resaltar la figura del Sah, como se hacía en la época, pero la cámara está muy alejada de él. En un retrato pictórico del barroco italiano la distancia entre el observador y el monarca habría sido símbolo de grandiosidad pues evidenciaría la imposibilidad de aproximarse a una figura real. Pero en esta fotografía el monarca parece un juguete, un títere o una marioneta desprovistos de solemnidad y realeza. Hay más representaciones así, aunque no del Sah. Farsas, juegos, travestismos de la realidad, donde las imágenes prefieren la representación teatral al valor documental. La fotografía se desarrolló en la época qajar, pero Reza Sah prohibió durante su reinado cualquier cosa que tuviera que ver con ella y la dinastía anterior. Las exposiciones y los libros de fotografía de la época qajar se hicieron después de la revolución de 1979. Hay quien dice que la historia visual y textual de Irán es diferente. Tuvo la influencia de Occidente pero nunca fue colonizado.

JIDDA, ESTAMBUL, MINSK, FRANKFURT, DOHA, LONDRES, COLOMBO. El anuncio de los destinos estaba encima de la cafetería. Era la una de la madrugada y Mana, por fin, había pasado el control de seguridad. Me llamó por teléfono para contármelo: ¡Pari, ya voy!, dijo. Se oía muy lejos. Había ido con sus amigos en coche al aeropuerto y lloraron de camino por las calles vacías de Teherán. El día antes habían cenado juntos y el cocinero preparó coliflor con curry e hinojo de despedida, y le dieron un sobre con dinero que habían reunido entre todos. Dijeron que se verían muy pronto. Aún quedaban tres horas para salir. A la derecha estaba la entrada de los vuelos internacionales. Si pasaba, no podría volver atrás. Se cruzó con un peregrino vestido con ropa blanca, las toallas del ihram se le enredaron entre las piernas. Entró en la tienda y compró una bolsa de pistachos y un azucarero en forma de manzana para traerme de regalo. El aeropuerto cambió de pronto, era más negro y brillante. Lo habían ampliado hacía unos años. Escuchaba el pisar de sus zapatillas y caminó en paralelo al edificio del hotel Novotel. Pasó por un mostrador vacío donde se vendía caviar y atún en conserva. Al poco tiempo, se oyeron unos pasos, una mujer llegó hablando en alto con un compañero y se puso tras la caja. Las voces de los extranjeros se oían por encima de las de los iraníes. Se sentó delante de la puerta de embarque y cerró los ojos para descansar pero le dolía la cabeza. Dijo que veía destellos naranjas punzantes. Detrás, había unas butacas de piel negras. Estaban ocupadas, pero una italiana se fue al baño y Mana se tumbó. Era muy cómoda, empujaba la espalda hacia adelante y podía descansar. El aire acondicionado estaba muy alto, se abrigó, estiró bien el cuerpo e hizo una meditación para dormirse. Era la misma que había enseñado a mis hijos y ellos le enseñaron a Mana. Había que imaginar una ducha de colores. El agua caía por la cabeza y cambiaba de color tal y como pasaba por el cuerpo y los chacras. Se duchó de violeta la cabeza, de índigo la frente, azul en la garganta, verde en el pecho, amarillo en las costillas, naranja en el estómago y rojo en el coxis. Despertó al escuchar la voz de la historia de un niño a su lado. Contaba que vivía en los alrededores de Madrid y que era el mejor de la clase. Sin embargo, sus compañeros confundían Irak con Irán y le llamaban terrorista para hacerle enfadar. Pero a él no le importaba.

Se anunció el embarque del vuelo y la sala se movió. Se pusieron las mochilas, cogieron los niños en brazos, ayudaron a ponerse de pie a los ancianos, cerraron bien las bolsas de plástico con las compras finales, colgaron las almohadillas en el equipaje, los auriculares en los bolsos, despertaron a un bebé que se echó a llorar, se hicieron un selfie con el Novotel detrás, bebieron el café de un vaso desechable, tiraron la basura en las papeleras de papel, plástico y vidrio, terminaron una chocolatina de importación, hicieron ejercicios para estirar la espalda y los músculos de las piernas, enviaron mensajes, cantaron una canción de despedida en farsi en una video llamada, hicieron fotos con el nombre del destino, rezaron con un rosario, vieron el final del capítulo de una serie, levantaron a un anciano que se había quedado dormido, cogieron a un niño que corría, pusieron un bulto encima de otro y los arrastraron con las ruedas de la maleta, buscaron con urgencia el lavabo, bebieron una lata de cerveza sin alcohol con sabor a melocotón, escribieron en un cuaderno de notas, hicieron una foto del avión, buscaron la tarjeta de embarque, cambiaron el pañal a un bebé, gritaron a alguien que había que entrar, cogieron a una niña que daba besos a los cristales de la sala, guardaron un té en el termo, intentaron conectarse a la wifi del aeropuerto, limpiaron con un papel la limonada del suelo, contaron el dinero en euros, contaron el dinero en rials, contaron el dinero en dólares, miraron el pasaporte por cuarta vez, pegaron una entrada del Museo de Joyas de Teherán en un cuaderno, contaron las maletas para ver si estaban todas, hicieron las cuentas en un papel, tomaron una pastilla, besaron la frente y la mano de quien amaban, dieron el biberón a un bebé, cerraron el cochecito de un niño, una anciana consoló a una mujer más joven que lloraba, un hombre con bigote gris decía vale, vale, vale negando tres veces con la cabeza, una familia se sonaba los mocos y se secaban las lágrimas. Y Mana buscó el mensaje que le habían enviado y lo leyó por décima vez. Te quiero, decía.

La fila era muy larga y los trabajadores miraban nerviosos el ordenador. Los pasajeros siguieron bajando por el pasillo, cada vez más oscuro y sin final. Mana se sentó por fin en su asiento y miró la pantalla de delante. Dibujaba el viaje del vuelo: una curva amarilla hacia arriba. Sentía mucho cansancio y se durmió. Cuando despertó, ya era de día. Le dolía mucho la cabeza. Se le había cerrado el estómago y tenía ganas de vomitar. Entonces se fijó que aún seguían en la pista del aeropuerto de Teherán. Qué pasa, le preguntó al hombre de al lado. Este le sonrió. Llevamos tres horas aquí sin salir y aún no han dicho nada, pero ya sabes cómo es este país: sea lo que sea, nadie te explica nunca por qué ha pasado ni si volverá a pasar.

Al llegar a Estambul, me llamó de nuevo. Estaba más cerca y su voz era más clara. El avión bajó y sintió la presión como un golpe en la cabeza. Era mediodía y Estambul olía a mar y a hierba cortada. Bajó con cuidado la escalera para no tropezarse con la ropa y notó la humedad de la barandilla. Una mujer dejó las cosas en el suelo e intentó cogerlas antes de entrar en el autobús. Mana le ayudó, cogió a uno de los hijos en brazos y ella se puso al bebé en el pecho entre el chador. El autobús iba muy rápido, Mana cantó una canción al bebé y su madre la tarareó también. Las canciones que cantábamos cuando se quedaba conmigo en el pueblo, las mismas que mi madre me había cantado de pequeña en la cocina, en el campo y con el azafrán. Mana y yo quitábamos los trozos negros y podridos de los albaricoques en Aqda y cantábamos. Luego los dejábamos al sol en la terraza y seguíamos cantando. Por la noche los recogíamos para que no se pusieran húmedos pero a veces nos olvidábamos, y al día siguiente se los habían comido los bichos y tenían agujeros negros. Los cocíamos con azúcar y hacíamos tiras de dulce seco, a veces de ciruela, a veces de membrillo. Cómo me gustaría volver a cantar con Mana.

En la entrada había dos policías con dos trabajadoras de la compañía. Ellas decían los números de las puertas de los vuelos de enlace y ellos decidían a quiénes pedir la documentación. A lo lejos, había un minarete alto y estrecho. Se acercó al cristal y vio al final de la pista un espejismo: como antes de llegar a un oasis en el desierto, una laguna con sus plantas de ribera y unas pequeñas olas muriendo en ellas. Fue hacia él, pero desapareció. Apareció otra vez y lo siguió por los pasillos. El olor del café le hizo olvidar su dolor de cabeza pero era muy caro y tenía que comer algo. Había un restaurante turco de comida rápida con los colores de la bandera, y pidió sopa y varitas de queso rebozadas. Mojaba los bocados de queso de uno en uno en la sopa, luego los metía en la boca y los empujaba con los dedos. Comía despacio, tenía tiempo hasta el próximo avión. Cuando el caldo se enfrió, cogió con la cuchara los restos del pan rallado del fondo y metió la cara en la taza para pasar la lengua.

La luz entraba por las paredes de cristal altas y grandes. Mana buscó un carro para poner la mochila y dejó caer el cuerpo mientras arrastraba los pies. No podía más. Las ruedas se enredaron con la ropa y se paró. Levantó la cabeza: olía a especias y dulce. Era un olor de hacía muchos años, antiguo, del norte de Teherán, de una tienda casi vacía con cajas de perfumes extranjeros. Entonces lo supo: todo iba a salir bien.

El aeropuerto estaba lleno. Los vuelos internacionales de Asia habían llegado muy pronto y salían hacia otros destinos de Europa a partir del mediodía. Los carros de limpieza de unas trabajadoras de Bangladesh tapaban los baños. Esta vez la entrada al avión fue muy rápida. Mana buscó el sol a través el cristal para calentarse y vio si seguía el espejismo en la pista, pero había desaparecido. El cielo era azul ultramar y recordó las últimas palabras de Alí: no te preocupes, cuando nos volvamos a ver, nada habrá cambiado. Sin embargo, para Mana ya todo había cambiado.

El avión entró por las montañas y siguió por la costa. Había cuatro o cinco barcos mercantes esperando para entrar al puerto. Menos que los que estarían esperando en Ormuz pero más que en Busher. El Airbus bajó a golpes. Mana sentía el cansancio y los nervios. Cuando me llamó para decirme que ya estaba en España, intenté que se tranquilizara. Había dormido durante el vuelo pero no estaba bien y las manos le temblaban. Hizo las respiraciones que yo le había enseñado para relajarse. Lo sabía desde semanas antes de salir de Teherán y solo podría hacer dos cosas: elegiría sobre la marcha. Barcelona olía a fábrica, a pasta de papel y a celulosa. Al fondo se veían los dibujos de las montañas. Los autobuses los dejaron a todos a la vez en las puertas del aeropuerto. Estaban cerradas y tuvieron que esperar a que un trabajador las abriera. Un niño se cayó pero siguieron bajando. ¿Te imaginas?, me dijo Mana, no lo ayudó nadie.

Solo había un pasillo y llevaba hacia la policía. Había seis cabinas y cuatro estaban vacías. Una mujer llegó por detrás, abrió el mostrador y se sentó en la tercera. Los demás se quedaron atrás. Dijeron que avanzaran y Mana dejó pasar por delante a las personas de fuera del espacio Schengen. Le habían dicho que lo hiciera, que lo mejor para llamar menos la atención era quedarse al final de la fila. Mientras, iba mirando las caras de los policías y decidió que, si podía, enseñaría la documentación a la mujer. Esperó un poco más y pudo acercarse. La policía le preguntó si venía de Irán. Y Mana contestó que no, que venía de Estambul. Y ella le recordó que el viaje lo había empezado en Irán y le preguntó que por qué había ido vía Estambul. Mana también había preparado la respuesta. Estambul no pedía visados a los iraníes y había elegido pasar por la capital turca para que fuera más rápida la entrada. Sin embargo contestó que lo había hecho porque era más barato que viajar con las líneas aéreas de Qatar. Pero la policía seguía mirando fijamente a Mana y a su pasaporte. Mana Hosseini, dijo, ¿es ese su nombre? Sí, contestó Mana. ¿Y la foto?, ¿es la suya? Sí. En la foto, llevaba una chaqueta gris y una camisa blanca sin corbata y a Barcelona había llegado con velo, una falda y una camisa anchas. La policía cogió la documentación de Mana con las tarjetas de embarque y fue a buscar a un compañero. Hablaron en la cabina y cuando volvió le dijo que le acompañara. En la habitación, le pidió primero que se quitara el velo y luego la ropa. Mana lo hizo y le temblaban las manos. La policía salió con la documentación y la tarjeta de embarque de Menorca a consultar algo. Tardó un poco. Volvió y la acompañó de nuevo al puesto fronterizo. Allí le devolvió el pasaporte y Mana cruzó. Me llamó por teléfono en cuanto lo hizo.

MIRÓ POR LA VENTANILLA y se fijó en el horizonte. Había un resplandor extraño. Sabía a lo que habían ido pero no imaginaba que pudiera ser así. Esa mezcla de colores, pero también esas sombras, esa niebla al final de la carretera que casi podía oler. Cámbiame de sitio, pidió a Shahrokh y él respondió de mala gana. Solía hacerlo. Habrá que parar, dijo él. Pues lo hacemos, dijo Forugh. Ibrahim paró el coche, Shahrokh pasó detrás y ella se sentó en el asiento del copiloto. Gracias por parar, querido, y le dio un beso en los labios a Ibrahim. Se conocían desde hacía tres años, cuando Forugh fue a trabajar a la productora independiente de cine de Ibrahim. Ella era poeta, trabajaba con imágenes y quería profundizar en lo visual.

El resplandor y las sombras avanzaban y ocupaban todo el encuadre de la luna delantera. Alargó las manos hacia el cristal como si quisiera tocar la luz y la oscuridad del espectro. Dos años antes, el Consorcio del Petróleo había encargado a la productora de Ibrahim cuatro documentales sobre las extracciones petrolíferas de la región de Ahvaz, en la provincia de Juzestán. Habían llegado a Aghajari para hacer el primero. Forugh acompañaba a su pareja, Ibrahim, quien lo dirigía, y a su hermano, Shahrokh, que lo filmaría. Pásame la cámara, dijo ella. ¿La tuya? preguntó Shahrokh. Sí. ¿Para que la quieres?, dijo él. ¿La necesitas?, siguió ella. No. Pues dámela y deja de protestar, terminó. Él se la pasó. Forugh bajó la ventanilla y asomó el cuerpo peligrosamente. Ten cuidado, sonrió Ibrahim. Rodaba y el humo negro ascendía, rodaba y la alborada naranja cubría la planicie. Rodaba y el humo se fundía con el amanecer. Qué es eso, preguntó Ibrahim. Forugh miró por el objetivo. No lo sé. El sol o las llamas del fuego, se confunden en el horizonte, contestó, es terrible, y siguió rodando.

Hacía semanas que había comenzado el incendio de un pozo petrolífero en Aghajari y querían filmarlo. Estados Unidos había enviado bomberos para ayudar y se mezclaban con los iraníes en un esfuerzo apocalíptico para sofocar las llamas que duraron diecisiete días. Mientras, los ahvazíes seguían con sus tareas diarias entre las deflagraciones y las explosiones dramáticas.

Forugh cogía su cámara cuando terminaban de rodar. Unas veces después de recoger los enseres del rodaje y subir en el coche rumbo al hotel, otras cuando iban al pozo al amanecer. Era una carretera recta de carril doble sin pintar que no tenía final, y ella pedía por favor desviarse para coger ese camino que también llevaba a ninguna parte, pero donde había visto algo que quería registrar y que merecía la pena. Y luego, cuando Shahrokh la recriminaba por hacerles perder el tiempo, decía que no volvería a pasar y que sentía molestarlos. Como el día que dijo que oyó música a lo lejos, se desviaron y rodó a una familia que cantaba mientras segaba un campo seco, o cuando vio una sombra al final de una pista polvorienta y rodó a una mujer que mecía a su hijo con el fondo de las llamas en las tiendas de campaña que habían habilitado para desplazar a la población que sufría las explosiones o como cuando vio una columna de humo extraña al lado del epicentro del incendio y rodó una comida de arroz, pollo, menta y hierbaluisa que no fue capaz de compartir. Los habitantes parecían vivir ajenos al incendio y a la extracción de los pozos petrolíferos. El Sah había pedido al Consorcio del Petróleo que encargaran unas filmaciones para dar a conocer la labor en la zona y mostrar una imagen más renovada y eficiente de la sociedad estatal dedicada al servicio de la explotación petrolífera. Al igual que hacían otras grandes compañías fuera del país para evitar así el cuestionamiento de cómo se estaban explotando los recursos y para quiénes eran los beneficios.

A la vuelta a Teherán, Forugh e Ibrahim se encerraron para terminar el documental. Forugh se encargaría del montaje. Fueron tres días y tres noches muy largos en una sala alargada pero demasiado estrecha, al lado de una habitación con una cama individual donde descansaban a turnos, como en un barco. Lo decidió antes de empezar: haría lo que él dijera y no discutiría. Pero Ibrahim había visto varios documentales sobre extracciones petrolíferas y parecía cegado solo por el resplandor de las llamas del pozo de Aghajari. Y no todo en el fuego es simbólico ni los incendios son solo épicos. Hay una vida cotidiana alrededor del drama, y la vida de los hombres, las mujeres y los niños de la región de Abadan continuaba a pesar del petróleo. ¿Puedo ver qué grabaste esos días?, le pidió finalmente Ibrahim. Y Forugh estalló de alegría. Se sintió orgullosa y no lo escondió. La poesía era también una forma de mirar. Unas semanas antes había escrito unos versos: "Plantaré mis manos en el jardín/ Brotaré. Lo sé. Lo sé. Lo sé/ Y las golondrinas pondrán huevos/ En el hueco de mis manos manchadas de tinta". En 1961 se presentó el documental, *Un fuego*, en el festival de Venecia y ganó la medalla de bronce. El primer galardón internacional que se concedía a un autor iraní: Ibrahim Golestan.

El faro estaba a ocho kilómetros de casa. Íbamos los domingos cuando pasábamos las vacaciones de verano con los abuelos en el mar Caspio. Teníamos una bicicleta y nos turnábamos para usarla. Nos levantábamos a las seis, desayunábamos y la llenábamos de cosas. Mi padre la llevaba caminando por el manillar. En la parte de atrás iba la olla con los cubiertos, los platos, las espinacas, los reshteh, el kashk, el agua y todo lo demás. En el asiento íbamos los dos hermanos pequeños. Mi hermano mayor caminaba al lado de mi padre y los demás caminaban detrás. Mi madre se ponía a la izquierda y cuidaba de que no nos cayéramos de la bicicleta. No recuerdo que se montara nunca. Ella empezaba siempre las canciones. Decía la primera frase y la seguíamos. Tenía la voz más bonita del mundo. Clara y fresca. Cantábamos durante el viaje, las dos horas de ida y las dos horas de vuelta.

La música se oía entre la marina de rocas de agujeros negros y plantas verde oscuro. De lejos parecían blandas y suaves pero a veces no las veíamos mientras montábamos en la bicicleta, nos caíamos y salía sangre de las rodillas. Mi hermano mayor llevaba pantalón largo, los demás cortos, y yo una falda azul hasta los tobillos. Cuando nacía alguna flor entre los agujeros de las rocas, mamá nos hacía pararnos para verlas y decía: Fijaros bien en ellas e intentar recordarlas: esta es nuestra belleza, un día os enamoraréis y os daréis cuenta de que el amor no es más que el perfume de una flor. Padre y mis hermanos se reían de nosotras. Era el camino mágico de los domingos de la infancia. Hoy todo está poblado de edificios y lo atraviesa una carretera.

Llegábamos al faro al mediodía y colocábamos las cosas en la playa pequeña del norte. Tenía forma de media luna y la arena era gris. No como aquí en Menorca, que es blanca transparente en la costa sur y doraba brillante en el norte. Padre nos volvía a contar que allí cogía mejillones con el abuelo. Había que guardarlos todos para venderlos, pero escondíamos alguno y nos lo comíamos en la orilla con un trago de vino sin que nos viera la abuela, decía. Yo quería ir a coger mejillones con él, pero madre no quería. Esa vida se ha acabado. Mientras yo viva, nadie más de la familia vivirá del mar, decía.

Bajábamos las cosas de la bicicleta y nos repartíamos para coger leña. Padre preparaba el fuego y madre empezaba el ash reshteh. Cortaba la cebolla muy fina y picaba la menta y el cilantro. Mientras se freían, me ponía a su lado y yo miraba uno a uno los garbanzos para ver si tenían piedras. Por favor, mamá, pedía, y ella me extendía blanco, blanquísimo, el kashk en una rebanada de pan. Yo lo medía con el dedo y le decía que era muy poco y que me pusiera más. Dos dedos, por favor. La carne del mejillón es mucho mejor, esa sí que era buena, ¿quieres probar un poco de vino, Pari?, decía padre. Y me daba el vaso y yo mojaba los labios. Madre se enfadaba, le daba un manotazo y el vaso saltaba por los aires. Luego se iba a pasear sola. Mi padre salía a buscarla hacia los almendros y se besaban a lo lejos. Yo quería ser como ellos. De mayor, me casaría con un hombre tan guapo y tan bueno como mi padre, e iría a coger mejillones con mis hijos.

El faro fue durante muchos veranos el horizonte de mi mundo. Cuando volvíamos hacia casa, se veía una luz en el interior y yo soñaba que un día me quedaría a vivir allí. No tendría que volver a Yazd y sería feliz, como esos domingos.

Quería mucho a Hasan, mi hermano mayor. Después de padre, era el hombre más guapo que había visto. Era el más delgado, el más moreno, el más alto de sus amigos. Además me dejaba ir a jugar con ellos. Yo se lo pedía, a pesar de que a los chicos no les gustaba ir con niñas pequeñas. Yo estaba orgullosa y a él no le importaba. Jugaba a cocinas en las dunas, mientras ellos hacían la guerra. Cuando volvían, mi hermano me traía hierbas para cocinar y cañitas para usar como cubiertos. Mi madre no sabía que él buceaba y que, además, iba solo. Padre, sí, fue al único hijo al que le enseñó, y me pedía que lo vigilara. Yo me quedaba en el acantilado. Tenía que fijarme en el corcho rojo que hacía de boya y se ataba a la cintura. Si lo movía demasiado, era señal de que pasaba algo y tenía que ir a buscarlo. No sé qué habría hecho allí sentada en el acantilado si ese corcho se sacudía o se hundía.

Me gustaba ir con él, así teníamos además un secreto. Sabía dónde estaban los salmones más grandes y los tenía vendidos antes de pescarlos. Una vez, encontró uno de casi más de 20 kilogramos y lo arponeó. Se hacía de noche, tuvo que dejarlo en un agujero de la roca con el arpón e ir a buscarlo al día siguiente. Yo no lo veía pero lo sabía porque me lo contaba respirando con dificultad cuando salía del agua. Mira, Pari, ¿ves las estrellas?, son doradas como el sol, decía mirando al cielo. Pero yo no las veía. Cuando has estado buceando mucho tiempo, la cabeza te da vueltas y ves estrellas flotando en el aire, seguía él. Yo quería verlas, coger mejillones y beber vino. Pero una chica no hacía esas cosas. ¡Por, favor, déjame ir contigo, solo quiero ver la roca donde están los salmones!, le pedía.

Un día Hasan me llevó a nadar con él. Bajamos por el acantilado y entramos en el mar oscuro. Azul cósmico. Yo iba a su derecha. El mar vibraba. Paramos y me enseñó el fondo. Teníamos delante la roca de los salmones, pero yo no veía nada. Parecía el fin del mundo. Me hizo señales para que me quedara allí y bajó. No he visto nunca una cosa más bonita. Mi hermano era un pez. Bajó suave, acariciando el agua, en vertical, directo hacia el fondo cósmico. Tenía las piernas larguísimas. Se perdió en la oscuridad y yo imaginé que seguía allí. Mientras, yo flotaba y movía los brazos y piernas haciendo espuma para no morirme de frío. Mil minutos después empezó a subir. Estaba muy lejos pero no se daba prisa. Subía cada vez más lento y no hacía fuerza para mover las piernas, que parecían casi estar quietas, removiendo el azul oscuro del mar en busca de la luz. Nada, hoy no hay nada, dijo al llegar arriba. Volvimos hacia el acantilado. Poco antes de llegar, me cogió de la mano y nadamos uno al lado del otro mientras me enseñaba los agujeros de las rocas. Al llegar afuera, miré al cielo y dije, ¡veo las estrellas doradas!

Se alegró, me golpeó la espalda y sonreímos con la cara vuelta hacia las estrellas. Pero no era verdad.

Madre llevaba unos días de mal humor. Todo lo que yo hacía le parecía mal. No acababa las tareas, no me vestía como una niña, le contestaba. Yo sabía que no tenía razón pero era mejor no decirle nada cuando se ponía así. Me los encontré un día en la cocina a oscuras, padre le hablaba con cariño. Se olvidará con el tiempo, decía. Más tarde los encontré en la entrada, madre lloraba y él le hablaba al oído. No es para tanto, ya se le pasará. Luego los vi en la sala, madre lloraba y él la besaba en la frente y le decía: Es lo mejor para todos, esas cosas luego se olvidan.

Mi hermano tenía que hacer el servicio militar. Aún no había recibido el aviso pero debía irse en poco tiempo. Mis padres estaban preocupados. Era el mayor, el más fuerte y trabajaba mucho en el campo. Pero la carta no llegaba, como si tuviera que atravesar el mar desde otra orilla y la hubieran interceptado de camino.

Era domingo y nos preparamos para ir al faro. No te pongas la falda azul, dijo mi madre antes de salir, ponte la de los días de fiesta. Recuerdo que ese día no me dejó bañarme y que me enfadé. Ni se te ocurra meterte en el agua, y arréglate el pelo y la falda que vas hecha un desastre, dijo. No la aguanto más, dije a mi hermano, un día me meteré en el mar, me iré a bucear delante de sus narices y ya no volveré más. Hacía frío y entraba la humedad en el cuerpo, debíamos ir pensando en volver. Cargamos la bicicleta con las cosas y la luz del faro se encendió. Espera, creo que se acerca alguien, ¿quién vive ahora en el faro?, pregunté a madre. Padre se acercó a ella y la cogió por la cintura. La familia del nuevo capitán, acaban de llegar de Tabriz, dijo. Una mujer llegó hasta nosotros y se presentó. Era gorda, morena y tenía la voz grave y oscura. ¿Tú eres Pari?, preguntó. Sí, contesté. Yo soy la capitana: ven conmigo, dijo. Miré a mis padres. Ve con ella, te ha preparado una habitación, vas a estar muy bien, dijo padre. Me giré hacia mi madre. ¿Qué pasa?, ¿qué has hecho?, le pregunté. Madre le retiró el brazo de la cintura a padre y habló. Pari, vas a servir en la casa del capitán, es una buena familia, tu hermano no tendrá que hacer el servicio militar y tú te quedarás a cambio a servir con ellos. Son buena gente y te enseñarán un oficio, siguió padre, no será por mucho tiempo, pruebas unos meses y, si no te gusta, vuelves a casa. La capitana me cogió del brazo y me llevó con ella. Fuimos hacia al faro. Me giré para verlos. Padre me decía adiós, madre tenía cogida de la mano a mis hermanos y me miraban. Mi hermano mayor no estaba.

Serví en el faro cuatro años, de los doce a los dieciséis. No fui más al colegio. Volví a casa cuando padre murió. Alguien tenía que hacerse cargo de limpiar y cocinar, y de cuidar de mi hermano pequeño, cuando madre fuera al campo. Cuando conocí a mi marido, Mahdiar, madre se enfadó. Dijo que no me iría de casa otra vez, que me necesitaban, pero yo, a pesar de todo, me casé.

Alrededor de unas sesenta personas de nacionalidad iraní viven en las Islas Baleares. Están repartidos entre doce municipios. Hay turistas iraníes o de procedencia iraní que tienen casa en la costa sur y que viajan para pasar las vacaciones. Llegan desde Europa, Inglaterra y Francia, sobre todo, aunque el lugar preferido de los iraníes de clase alta para vivir y veranear es en primera línea del océano de Vancouver. También hay iraníes que compran el visado oro por si lo necesitaran de pronto, extenuados por la situación del país, y no llegan a utilizarlo.

En los últimos años han pasado entre veinte y treinta iraníes por Menorca de camino a Europa. Algunos llevaban documentación falsa, aunque el tipo de pasaporte depende del dinero que se pueda gastar en él: cuanto más dinero, más verdadero. Hay quien dice que hay un iraní que vive hace años no muy lejos de Maó. También aseguran hay quince baháis en la isla, aunque la comunidad fue más grande hace años, cuando se repartían entre Villacarlos y Maó. La fe bahaí es monoteísta, fue fundada en el siglo XIX en Irán y considera a su fundador, Seyyed Alí Mohammad (Al Bab), y a su seguidor, Mirza Hussein-'Alí Nurí (Bahá'u'lláh), dos figuras proféticas.

El primer bahái de Ciutadella se convirtió a los veinte años. Entró en contacto con la religión gracias a una conferencia en un centro cultural. Habían llamado por teléfono a su padre para avisarle y le acompañó. La charla la impartió el que luego sería su padre espiritual, que se quedó a vivir a Menorca poco después de aquello. Los padres de Bahman habían llegado a Menorca hacía 50 años y nunca se preocuparon por religión alguna. A veces hablaban del islam, porque era la fe que imperaba en el país que habían dejado, pero los recuerdos siempre venían relacionados con la política. Por eso no entendieron muy bien que su hijo se hubiera convertido a la fe, pero nunca le dijeron nada y siguieron hablándole de un país que crecía, se transformaba, aparecía y desaparecían según lo hacía la memoria y el estado del ánimo de ellos, y los vientos y tormentas de la isla, que también influyen en las emociones.

Cuando Bahman decidió viajar al país de sus padres, ellos ya habían muerto. Buscó cartas, diarios, postales, y habló con sus hermanos para intentar recordar cómo era el Irán que le habían contado. Todo lo escribió en un cuaderno para poder seguir la memoria y los pasos de un pasado que nunca fue suyo. Ya sabía que nada sería igual, pero no le importaba porque también lo movía la fe. Visitaría Shiraz, donde habían nacido sus padres, pero también el fundador de la religión bahái, Al Bab. Contrató a un guía para que le ayudara. Aunque Bahman había perdido el poco persa que escuchó de niño, no le parecía una lengua extraña cuando paseaba por las callejuelas del casco antiguo de Shiraz, por el bazar, por las mezquitas, por la madrasa, por los palacios. Bahman buscaba la casa de sus padres, de sus abuelos, de alguien de la familia, pero no encontró nada y el guía seguía llevándolo por las callejuelas mientras él intentaba entender poco a poco algunas de las palabras que escuchaba decir a los shirazíes. Fue al llegar muy cerca del gran mausoleo y mezquita de Shah Cheragh, delante de una puerta de madera pintada de azul con dos llamadores, uno para los hombres y otro para las mujeres: Aquí nació Al Bab, dijo el guía. Entonces Bahman se fijó en la puerta y recordó a su madre hablando en persa del azul de la puerta de su casa familiar y del picaporte que solo usaba ella.

HAY UNA SITUACIÓN en la que me he sentido en inferioridad de condiciones con respecto a los hombres: el sexo. Tardé mucho en entender su mirada, su deseo.

En casa no me explicaron nada del sexo. Lo hicieron en el colegio y con una metáfora de colores. Una casa pintada en la pizarra. Un hombre y una mujer hacían el amor y preparaban el dormitorio por si llegaba un niño. Había una cuna, un oso de peluche, un sonajero. A las tres semanas más o menos, ella menstruaba y había que volverlo a dejar todo como estaba: lo limpiaba con una escoba, juntaba los desperdicios en un rincón y los tiraba a la basura. Entonces sangraba y una corriente roja se llevaba todo lo que estaba preparado para ser fecundado. Como si viniera de muy lejos, siguiera la pendiente de siglos y las paredes, el techo y el suelo cedieran arrastrando todo lo que soportaban y contenían. Al volver a casa, hablé con mi madre. Le pregunté por el tampón, ese misterio que había que introducirse todos los meses y que resultaba tan complicado al principio que una deseaba dejar de sangrar para siempre en la primera menstruación. ¿Cuántas veces has contado los años que quedan para que llegue la menopausia y dejes de tener la regla? ¿Y cuánto quedaba aún? ¿Treinta, treinta y cinco, cuarenta años?

Recuerdo dos cosas. Las sillas menorquinas de la porxada del hortal de Torrepetxina y un caballito mecánico de Calan Blanes. Después de desayunar, me estiraba y sacaba el culo hacia fuera, supongo que me rozaban los labios del coño o el clítoris con la silla y me gustaba. También recuerdo la risa nerviosa de una niña montada en un caballito mecánico que se dejaba llevar por los movimientos y se moría de gusto. Yo también quiero subir, decía a mamá. Pero nunca había tiempo.

Yo creo que alguna de esas sillas ha llegado hasta la porxada del hotel ocupado donde vivimos ahora, o me gustaría pensarlo así. Cuando me siento encima de la lona con mi barriga embarazada, creo que algo de ese placer y de ese recuerdo puede sentirlo también la niña. Y pienso también que la niña ya no podrá sentarse aquí ni quizá tampoco en esta silla. Voy a echar mucho de menos mi casa en el hotel y tu huerto: me voy porque tú también te vas a ir.

La primera vez que follé tenía dieciséis años. Se llamaba Joan, tenía cuatro años más que yo y había estudiado en mi instituto. Vivía en Barcelona y estaba haciendo biología. Durante el invierno te morías de asco, pero en verano no parabas en casa, aunque tampoco te ibas muy lejos de Ciutadella, no como ahora, que vas y vuelves a Maó como si nada. Quedamos en la caseta de Cala Pilar con los amigos y de noche nos fuimos los dos a dormir a una cueva. Queríamos estar solos, comer chuches y fumarnos unos porros. Joan era alto y tenía la piel oscura y brillante. Sabía de hierbas y setas y lo contaba con palabras a veces de loco a veces de poeta. Su voz era dulce y cuando se volvía pastosa por los porros y el gin decía cosas que no he vuelto a escuchar.

¿De qué crees que tiene memoria este lugar?

Me hablaba del rojo que se desparramaba por los esclatasangs cuando los cortabas como si los hubieras herido,

del olor azulado de la artemisa

o del aroma amarillo de la camomila de Sa Mola.

¿De qué crees que tiene memoria este lugar?

Su abuelo había sido carbonero y lo llevaba de niño al bosque. Le enseñó a querer la isla en verano y en invierno. Me gustaba dormirme con su voz.

El viento soplaba de frente y traía el olor del mar. Habíamos cogido un vasito de cristal de la vajilla de la caseta. Compartíamos el gin a sorbos pequeños y a mí me empezaba a amargar. Laia decía que cuando el gin le sabía a agua era porque estaba muy borracha, a mí en cambio me pasaba al revés. Algo cruzó en diagonal por la entrada de la cueva, una lechuza, un murciélago. Me asusté y empujé el gin, que se derramó. Joan se acercó, metió los dedos en el vaso y me los pasó por los labios. ¿Un baño?, preguntó. Nos acabamos de desnudar y seguimos el camino de las plantas de cárritx. Una hoja muy larga se enredó por los tobillos y Joan la arrancó con los dientes. Caminamos entre los pinos, sentía el olor a leche y a queso. Las cabras habían pasado por allí y llegaron confiadas hasta la playa cuando no había nadie.

Fuimos a la orilla del mar de la mano. La luz saltaba delante de la ola y yo veía alas de mariposa en la espuma. Nos tumbamos y empezamos a follar. Por un momento, sentí algo bestial, metálico. El placer casi siempre es metálico. Entonces gritó, ¡córrete! Y dilaté la vagina todo lo que pude. Correrse es un lenguaje pobre, infantil. Yo quería placer y no lo tuve pero me corrí y eso le gustó.

Estuvimos juntos dos años después de aquello. Aparecieron nuevos amigos, venían de la península, y trajeron más drogas. Dejamos las bicis y empezamos a compartir coche. Las fiestas pasaron a Punta Nati, entre las baterías militares y la música electrónica, o en algún agujero que encontrábamos por allí y nos metíamos para tocar los bongos y las guitarras. Joan seguía dominando las setas y salíamos a por paneolos. Les gustaba la primavera e íbamos a buscarlas a la albufera de Es Grau. Luego nos las tomábamos en una de las cuevas de Macarelleta y que Joan cuidaba con otros amigos. Se turnaban para limpiarla y pasar las temporadas del verano. Tenían el tallo alto y tieso y unas esporas muy blancas que te hacían soñar solo con verlas. Eran delicadas, frágiles y tiernas. Cuando las comía, yo podía, de verdad, escuchar las estaciones. Y cuando follaba con Joan, me ponía de rodillas con el oído pegado a la tierra y escuchaba el verano que llegaba. No tardé mucho en decírselo: así, lo quiero así, y nos corríamos sin penetrarnos. Perseguíamos la espera, que el deseo se dilatara y que el placer tardara en llegar y fuera lo más metálico posible. Aprendimos juntos a esperar.

La maleta estaba hinchada, se había quedado pequeña, y le puse un cinturón por si reventaba. Los papás me llevaron en coche al puerto de Maó para ir a Barcelona a estudiar. Quiero pasar antes por el hortal de Torrepetxina. Me gustaría despedirme de todo, les dije, pero no había tiempo. Entonces, quiero ir por el camí d'en Kane, insistí, como si partiera hacia un país lejano y no fuera a volver nunca más. Tienes un año de prueba en Barcelona, si es muy duro, lo dejas y te vuelves, dijeron mientras pasamos el desvío del camino de Sa Cucanya. Pero aguanté, y cada matrícula de honor pagó una asignatura del año siguiente. Joan y yo habíamos roto. Pasamos nuestra última noche juntos en la cueva de Macarelleta. Al amanecer, y de cara al acantilado, nos despedimos.

Los veranos trabajaba en Ciutadella, entre una heladería italiana y una pastelería. En Barcelona trabajé los fines de semana en un bar por las noches. En segundo curso tuve una beca de colaboración y, después, una del vicerrectorado de investigación. Terminé la carrera de Biología y me matriculé en un Máster en Paisajismo, quería diseñar jardines. Mientras tanto intenté buscar un trabajo que tuviera que ver con lo que estudiaba. Hacer una práctica en un estudio de algún paisajista era muy difícil sin haber acabado el máster, además necesitaba dinero y en una práctica no me pagarían. Un compañero me habló de una revista de jardines. Buscaban a alguien que corrigiera textos y tuviera un perfil parecido al de nuestros estudios. Por aquel entonces yo trabajaba sobre dos ideas: la fuerza verde, que Hildegarda von Bingen vinculaba a la naturaleza y a la vegetación; y la crisis climática inminente.

La entrevista fue en el despacho del director. Tenía una alfombra oriental con motivos vegetales. Me dijo que además de corregir, tenía que estar disponible para más cosas. Hacer fotocopias, traer cafés: lo que surgiera. Le dije que sí, que no había problema, y que me interesaba el trabajo. Le hablé un poco de mi investigación y le dije que me iría bien publicar sobre ella más adelante y con motivo del máster. Me contestó que muy bien, y que se pondrían en contacto conmigo por teléfono para decirme cuándo empezaba, pero no lo hicieron. También fui a unos viveros en la zona alta de Barcelona. Buscaban a alguien para media jornada. El trabajador que me atendió se sorprendió. Y señaló los árboles en maceta y los sacos de tierra, mientras me decía que fuera otro día a hablar con él, tenía mucho trabajo y estaría más tranquilo. Volví al día siguiente y me dijo que ya habían cogido a alguien. Vi a un adolescente con el mono amarillo de la empresa empujando una carretilla. Unos meses más tarde, la revista sobre jardines publicó un artículo sobre la crisis climática. Lo había escrito mi compañero de clase.

Solo hubo un sitio en la isla desde donde pudieron salir para pedir ayuda. Cala Morell. Fue en un fragata pequeña, casi chalupa, ligera y rápida que, de haber tenido oportunidad y en otras circunstancias históricas, hubiera ido amarrada en popa a una galera y le hubiera ayudado para tomar tierra o en una catástrofe marítima. Las galeras eran barcos de perfiles alargados y elegantes movidos preferentemente por remos, fuerza motriz de los músculos humanos, más capaces de seguir los vientos caprichosos del mar, y que facilitaban además la movilidad cuando había que abordar y embestir. Porque las galeras eran sobre todo naves guerreras que surcaban los estados mediterráneos en un siglo convulso, el XVI, de confrontaciones bélicas. El patrón de la fragata era ciudadelano. Sabía de ir y volver de Menorca a Mallorca y seguir las corrientes del canal de Menorca o luchar contra ellas a lo largo de esos más de 35 ingratos kilómetros que las separaban. Hacía unas semanas había llegado a la bahía mallorquina desde Ciutadella con el recuerdo quizá de una tortuga a lo lejos o una pareja de delfines jugando entre el casco de la fragata y el mar. Llevaba el aviso a Mallorca de que enviaran auxilio, socorro, ayuda. El virrey lo envió de nuevo a Menorca con unas cartas. Ciutadella estaba asediada y el capitán y los marineros no tuvieron más remedio que seguir la costa norte hasta llegar a Cala

Morell. Allí fondearon, en el mar oscuro de calado profundo, y esperaron a que se hiciera de noche. Pudieron entrar en la ciudad sitiada y dejar los despachos del virrey y recoger de nuevo unas cartas para él. Aún era de noche cuando volvieron a Cala Morell para navegar otra vez a Mallorca. El trayecto fue más fácil, el tiempo había evolucionado, el viento era menos fuerte aunque quedaba mar de fondo. Esta vez el virrey parecía estar esperándolos, quizás hubiera ayuda inminente, y les dio una única carta para que la entregaran a Menorca. Pero la suerte cambió. Se acercaron demasiado a Ciutadella. La emergencia era enorme, no había tiempo para ir a Cala Morell y hacer por tierra los siete kilómetros que separaban la cala de la ciudad, y fueron sorprendidos por dos de las galeras otomanas. Sin embargo el capitán de la fragata era muy hábil y acertó a descubrir los perfiles de los mástiles y la mole de la arrumbada, y pudieron huir y saltar a tiempo a tierra. Quién sabe si se fueron por s'Amarador y nunca llegaron a ser capturados. En la carta, el virrey repetía lo que había pedido a la regente, Juana de Austria: ayuda para luchar contra el asedio de los turcos a Ciutadella. Tres asaltos llevan, escribió, y han resistido tan valerosamente que han muerto mil turcos frente a los 14.000 o 15.000 de dentro. Si se les envía auxilio, se podrán defender y, aunque es verdad que tienen gente muy valiente y que más se parecen a leones que a hombres, ya no saben qué hacer.

VIVÍA EN BARCELONA en un piso compartido y salía con Oriol, un futuro geólogo, bajo, encantador y egoísta, cuando me llamó la coordinadora de un ciclo de conferencias. Quería que conversara con mi ex profesor. Se habían caído varios nombres del cartel –todos hombres–, y finalmente decidieron que lo hiciera una mujer. Buscaron a alguien de otra generación, me dijeron, porque así atraerían a un público más joven. Habían contactado con la universidad para que les propusieran a alguien y dieron mi nombre. Él era uno de los me paisajistas más reconocidos en el país y yo admiraba su trabajo. Había sido mi profesor e impartía una asignatura de historia cultural de parques y jardines. Su familia era propietaria de una de las fincas de naranjos más grandes de Levante que iba desde Carcaixent a Xàtiva, y estudió ingeniería agrónoma. Me gustaba ese perfil y me sentía identificada: venir del campo, haber vivido en el mediterráneo rodeado de cítricos, saber de dónde vienes para pensar en un jardín e ir más allá y resituarlo en un contexto de crisis. Creía, como él, que el jardín no era un espacio para crear, sino que había usar el mundo vegetal de manera práctica. Pero él tenía jardín y yo no. El ciclo se había organizado en una sala grande, fría y oscura del Raval. Llegó con diez minutos de retraso y pidió disculpas. Otra estudiante, dijo, acababa de entrevistarle para un blog. La coordinadora nos presentó y lanzó la primera pregunta antes de sentarse entre el público. ¿Empiezas tú?, contestó él. Y le dije que lo hiciera él. Tomó la palabra y volvió al discurso que le había escuchado tantas veces. Habló de la necesidad de un jardín que no necesitara cuidados, con aves en libertad y plantas que crecieran salvajes, un jardín en movimiento: un refugio de la diversidad. Pensad por un momento, dijo al auditorio, un solar en mitad de la ciudad y todas las plantas y los seres vivos que viven allí sin la ayuda de nadie. Y calló por unos momentos para que pensaran en ello. Entonces aproveché para hablar yo y responder también a la pregunta de la coordinadora. Pero él alargó el brazo, me cogió de la muñeca y dijo, espera, por favor, me he olvidado de decir una cosa. Y empezó con el relato de su propio jardín. El ejemplo perfecto de su trayectoria investigadora y vital. Estaba en las tierras de su familia y era sobre todo el resultado de lo que había aprendido viajando. Casi no hablé durante toda aquella hora. Después del acto, la coordinadora nos invitó a cenar, pero al momento recibió una llamada por teléfono: su hijo estaba enfermo, y nos tuvo que dejar a mí y a mi ex profesor. ¿Vamos a tomar algo?, propuso él. Pero a mí me remordía la conciencia por todo lo que no había dicho.

De camino a casa, pensé en muchas cosas, como en que me habría gustado viajar más y que mis padres hubieran tenido un hortal más grande. Llegué al piso y no había nadie. Estaba enfadada y quería quitármelo de la cabeza pero no podía. Sabía que me habían elegido a última hora, que él era mediático, que hablaba seguro de sí mismo y que era un hombre. Que yo era una mujer y que a las mujeres no se las invitaba, solo si se acordaban de que eran mujeres. No es victimismo es sociología.

Me asomé al balcón y vi que las dos macetas de geranios estaban secas. Las regué y chuparon muy pronto el agua. Las raíces sobresalían por encima de la tierra y había que cubrirlas. Cogí el saco de plástico negro que guardaba en la cocina y lo eché directamente. Era una tierra casi negra. Pensé en la paciencia infinita que necesitaba un jardín. Pensé en que el origen del jardín había sido el huerto: La agricultura, los árboles frutales y las hierbas medicinales y aromáticas nos habían acercado a la vegetación, a la armonía, al milagro de la química, la fotosíntesis, la fuerza verde y de color que necesita del agua. Y no habría fuentes, canales, surtidores, arquitectura del agua, si no hubiera habido que regar. ¿Podríamos ser de verdad felices en un jardín?

Haz como si no existieras, decía mamá.

Podría haber sido así.

Aquel año pasé las vacaciones de navidad en Menorca, con los papás. A la vuelta a Barcelona, miré en casa las páginas amarillas. Busqué los anuncios más caros. Los reconocía porque estaban entre recuadros de rayas negras anchas. Elegí uno, ni muy grande ni muy pequeño. No se me ocurrió hacer otra cosa. Llamé por teléfono y escuché una voz de mujer. Las mujeres son buenas para estas cosas, las mujeres prefieren hablar con mujeres de estas cosas, pensé que habrían pensado al contratarla para el trabajo. Colgué y miré mi cara y mi cuerpo en el espejo: no parecían diferentes. Lo llamé al despacho. Si no estaba allí, no sé dónde lo encontraría, y tenía que hablar con él. ¿Qué haces si no puedes hablar con él y debes esperar hasta que te llame? Llamaba todos los días: para despertarme, después de comer, tras la siesta, pero pocas veces antes de dormir. Solo lo hacía cuando pasaba la noche fuera de casa por trabajo.

Mi voz era tranquila y grave. Él no podía notar que dudaba: yo no era así. ¿El martes?, preguntó. Sí, contesté. Allí estaré, dijo.

Aquel día desayuné en mi pastelería favorita. Miré de reojo a la nuera del dueño cuando luchaba con la máquina de café. ¿Se había dado cuenta? Era una mañana que no olvidaría y seguro que se me notaba en la cara.

Abrí el armario. Los colores de la camiseta me miraban desde las baldas. Elegía las prendas por las formas que tenían y los recuerdos que provocaban, no por los colores, como hacían mis amigas. ¿A quién se le ocurre? Ordenar el armario por colores. Cogí la camiseta marrón: brillaba, era de punto y me daría calor. Siempre he tenido miedo al frío. En los momentos importantes me pregunto: ¿tendré frío? No me la he vuelto a poner porque me recuerda a ese día.

Él venía una vez cada quince días y yo iba a la parada del metro a buscarlo. Caminábamos por el centro de la calle buscándonos. Si venían los coches, nos arrimábamos a la acera y asomábamos el cuerpo para ver quién veía antes al otro. Si había suerte, nos encontrábamos de camino y nos dábamos el gran abrazo. La gente se volvía y nos miraba. Pero ese día no tenía ganas y lo esperé en casa.

Llegó muy justo, era casi la hora de la cita y pedimos un taxi. Nos sentamos detrás con las manos tensas y apretadas. No dijimos ni una sola palabra. No me di cuenta si subíamos o bajábamos por Barcelona. No sé si me llevó él o fui sola o solo fue una idea y todo era el resultado de un engaño o un sueño. Las calles me parecían cada vez más estrechas. Estaba en la parte alta de la ciudad, el lugar en el que había que vivir o, al menos, aparentarlo, aunque fuera en un bajo gris, anodino, escaso y pobre.

Entramos y la recepcionista me recordó que me estaban esperando. No hacía falta que lo dijera, no me consoló, tampoco su sonrisa. Ya sé que había llamado hacía una semana.

Había un hombre y una mujer en la sala de espera, ella era más joven que yo. Nos saludamos y nos sonreímos, como si así pudiéramos apoyarnos, acompañarnos. Las dos habíamos venido a lo mismo. Mi pareja era una sombra, llevaba un abrigo ancho y oscuro de fantasma y se sentó a mi derecha. Yo tampoco me lo quité. No sé si tenía frío, si no quería que se me notara nada o si estaba preparada para huir de allí en cualquier momento.

La voz de la mujer dijo mi nombre y apellido. Pensé que debería mirar para comprobar si alguien lo había escuchado, pero no lo hice porque sabía que esperaban que lo hiciera. Era aterrador, sentir la culpa de algo que aún no había sucedido.

Entramos de la mano al psicólogo. Era de mediana edad, anodino, escaso, pobre, como el local. Lo eligieron así para que no lo recordara. Hacía preguntas en un tono neutro y conciliador, pero las preguntas así nunca lo son. Da igual lo que dijera y lo que yo contestara, lo único que quería era que no se notara el esfuerzo que estaba haciendo. Que el psicólogo no lo notara, que él no lo notara, que yo no lo notara. No sabía muy bien si estaba triste, pero sabía que lo iba a estar. Las piernas y el estómago también lo sentían. Me levanté del asiento, creo que temblaba, y arrastré la silla por el suelo con un ruido desgarrador. Perdón, dije y los miré.

Había que entrar. Nos besamos en la boca, como una última despedida, como si después de hacerlo la vida fuera a ser otra. Le acaricié la mejilla, sus ojos parecían a punto de llorar. No quería que estuviera triste. No te preocupes, dije sin poder quitar la mano de su rostro e intenté que mi voz fuera lo más dulce posible. Esa tristeza que reconoces en los otros, que es la tuya y que no alcanzas a ver. Perdón, dije y entré en el pasillo.

Estaba oscuro y tenía varias puertas. Me guié casi a tientas. Pasé por una puerta cerrada y oí una voz de hombre. Me acerqué y apoyé la mejilla contra la madera. Eran palabras tranquilizadoras, casi condescendientes. La de enfrente estaba también cerrada pero oí una mujer que lloraba y otra que la consolaba. Había una puerta entreabierta y me asomé. Debía haber otra mujer en mi lugar. Intenté escuchar qué decía y qué le decían. Imaginé sus gritos, porque una mujer en esa situación debería gritar, pensé, pero no oí nada. La habían abandonado en un box con una camiseta que le llegaba hasta la mitad de los muslos y apretaba fuerte con la punta de los dedos las rayas gruesas, sus manos sudaban pero había dejado de tener frío.

Ya no me acuerdo de nada más.

Creo que me tumbé boca arriba y noté el frío metálico del acero bajo las rodillas. Me impulsé con las piernas para ajustarme bien y que no se me clavaran más los hierros durante la intervención. Me apoyé con fuerza y me dolió pero ahogué el grito. La camiseta ya no colgaba sobre mis muslos; estaba arremolinada en la cintura. Como si protegiera algo que no tenía forma pero que iba a dolerme.

Imaginé que me dolía un poco, como un pinchazo o un desgarro. La regla dolía así. Como si algo tirara de ti desde muy adentro y tú no quisieras que se fuera e hicieras fuerza para que se quedara pero terminara abandonándote a tu pesar. Imaginé que me avisaban de que después podía sangrar, que tenía que tener cuidado. Imaginé que me recetaban un analgésico para el dolor. Imaginé que la sangre teñía paños y algodones. Y yo pedía perdón. Perdón por la sangre derramada, perdón por mis puños cerrados y llenos de sudor, perdón por la camiseta arrugada, perdón por mi aspecto.

Supongo que él seguía esperando con su abrigo de fantasma en la sala de espera. Se levantó cuando aparecí. Me había quitado la camiseta marrón y colgaba entre mis manos. La manga izquierda se arrastraba por el suelo. Me ayudó a ponerme el abrigo y no me dejó luchar con las mangas. Tranquila, me dijo. Me lo regaló él, igual al suyo, así nos parecíamos. Dos fantasmas ocultando sus formas y, ahora yo, la sangre. Me acerqué para besarlo en la boca pero él prefirió mi frente y me rodeó los hombros con el brazo.

No quedaba nadie en la sala de entrada. ¿Solo se nos había ocurrido a esa chica y a mí venir? La mujer de la recepción llamó a un taxi, se lo había pedido él. Me protegió con su brazo en la espalda hasta que entré en el coche, como si estuviera enferma. Antes estaba sana, y ahora ¿todo había cambiado?

No me di cuenta si subíamos o bajábamos por Barcelona. Las calles se interrumpían unas tras otras y no terminaban nunca. Me dolía la garganta por las lágrimas, pero no quería llorar para no hacer ruido. Perdón, dije.

Abrí la puerta de casa, estaba helada. La luz del invierno era gris y brumosa, había entrado por la ventana e inundaba el cuarto de estar. Él pasó delante y nos sentamos muy juntos en el sofá azul. ¿Qué hora es?, preguntó sin retirar la cabeza de mi hombro. No me podía creer que lo hubiera preguntado. Dio la vuelta a la muñeca y miró el reloj sin esperar a que contestara. Lo que vino después debió de pasar muy rápido. Se emocionó, me miró triste, suspiró, me abrazó, me apretó la mano, sacó el pañuelo de tela, se frotó los ojos con él y el espejo devolvió su imagen y la mía en un abrazo. Creo que cogió su cartera negra de piel y le dolió mucho, muchísimo, que nos separáramos y más en esas circunstancias. O quizás me equivoco y ese día se quedó a dormir en casa. Pero no me acuerdo del final de ese día ni de muchas cosas más. Estoy segura de que dormí sola.

Nada, no sentía nada. Era muy extraño no sentir nada. ¿Me sentía culpable? No, al menos al principio. Por eso lo hice y por eso lo conté. Pero los hermanos no lo entendieron, nunca entendían nada, y no lo aceptaron. Dudaba de si decírselo a mamá, pero después de la reacción de mis hermanos, no le dije nada. ¿Y si mamá lo hubiera hecho? ¿Se sentiría culpable?

De esa tarde imagino el silencio, los suspiros, ver pasar el tiempo sin hacer nada, deambular por las habitaciones. Acciones erráticas. El olor de una cafetera quemada porque me olvidé de ponerle agua, o mi hombro contracturado porque dejé el teléfono apoyado en la oreja durante mil minutos y no recordé a quién quería llamar. El intento de imaginar la forma que tendría lo que acababa de perder y el color de la sangre. Buscaba el dolor, pero no sentía nada.

Podría haber sido así, como lo cuento.

De lo que estoy segura es que finalmente él entró en el ascensor y ocupó la esquina izquierda. Tieso y solemne. Un fantasma de abrigo ancho y oscuro. Del mismo modo que había hecho por la mañana, mientras bajábamos en el ascensor para ir a la clínica. Aquella mañana levantó la barbilla, me buscó los ojos y dijo elevando la voz en el hueco oscuro del ascensor por primera y única vez:

–¿Quieres quedártelo?

¿Podría haber sido así?

Fue lo que me dijo antes de salir hacia la clínica.

¿Cómo se vive después de abortar? ¿Siendo madre?

Los barcos llegaron muy lentamente, como sombras chinescas que se acercaban a la costa. Algunos imaginaron lo que sucedería. El deseo de poder es tan imprevisible como los vientos, y una isla siempre está expuesta a los de fuera, expectante. Pero la mayoría confiaba en el destino. Ver las velas más lejos habría significado que se dirigían hacia Mallorca, pero así, desfilando por S'Aigo Dolça y Cala en Bastó, dio tiempo a imaginar, a proyectar, incluso a sentir lo que iba a ser el horror. Entraba por los ojos, seguía por la columna, paralizaba las extremidades inferiores y producía calambres en las superiores, y se deslizaba con el viento por las callejuelas vacías y las viejas murallas de la ciudad. Hacía mucho calor y los barcos avanzaban rápidos empujados por un temporal. El mar parecía de color plata, del color del vino, como decían los antiguos, y que luego se supo que era de color de la plata, un error de traducción. Nadie habría estado a esas horas contemplando el horizonte marino ni expuesto al sol, si no hubiera sido por necesidad. Eran 140 galeras turcas de un palo de tres velas, sombras a lo lejos, y llevaban entre cien y doscientos remeros. Habían entrado por la costa norte de la isla y se dirigían a Maó. Desde la atalaya del puerto de Fornells, un soldado de la compañía de infantería contó en principio sesenta galeras. Sin embargo, no llegaron a desembarcar. El puerto de Maó medía seis kilómetros: era demasiado largo y necesitaba de un acceso lento que exponía peligrosamente a las naves y las hacía visibles. En la pequeña fortaleza de la bocana, la artillería abrió fuego contra los otomanos y, aseguran, hundió algunos barcos. La armada turca dio media vuelta y cambió de rumbo hacia el otro extremo de la isla: la capital, Ciutadella. Las tropas desembarcaron en varios puntos del litoral. Hasta Alaior llegó un grupo de soldados, pero la oscuridad de la noche les sorprendió a la entrada y se retiraron sin saquearlo. Otros se aproximaron por tierra a Ciutadella y sorprendieron a los habitantes mientras escondían el trigo, guardaban la cebada, y gritaban al ganado para agruparlo. Algunas personas corrieron a casa con la familia, se juntaron en los salientes de la costa para preguntar qué ocurría, miraron por el catalejo para comprobar lo que ya sabían, que vendrían y que cualquier esfuerzo sería insuficiente. Acertaron al pensar que habían ido antes a Maó. Reunieron municiones, guardaron en las calzas monedas de plata, prepararon las literas y las sábanas blancas del hospital. A otros los pilló desprevenidos volviendo a la ciudad. Todos estaban aterrorizados. Cuando las galeras llegaron a la bocana del puerto, las calles de Ciutadella estaban desiertas.

MAMÁ Y PAPÁ COMPRARON EL HUERTO cerca del hotel de Torrepetxina cuando nació Albert. Si no lo hubieran vendido antes de enfermar, habría tenido un sitio donde vivir. Era una planta rectangular con dos rocas del exterior que se colaban en el salón, formaban parte de la pared y había que sortear para poner los muebles. Allí jugábamos los tres hermanos y me escondía de pequeña. Allí decidí lo que quería ser de mayor. Entre los árboles frutales, el amarillo de las cerrajas y el morado de las campanulas, las esparragueras y los campos de cereales tras la pared seca. Diseñar jardines. Los veranos de la infancia son el lugar de los recuerdos. Una tribu ocupa una casa y es la casa de los padres. El pozo se queda sin agua, hay que encender el generador, la nevera no da de sí, los portazos despiertan de las siestas, el agua sale de la manguera abierta y deja charcos de plata en el jardín, las comidas se alargan tanto que se unen con las cenas. Mamá y papá hacen lo que pueden y se acoplan al ruido y a las generaciones futuras. El verano mantiene a la familia unida. Poco a poco hablan menos y dejan de tomar parte en las conversaciones. Callan y asisten, silenciosos y perplejos, al cambio. También cuando mis hermanos se casan y son padres. Una nueva generación ocupa su vida y su espacio, y casi no se han dado cuenta. No recuerdo cuándo dejé de ir a la casa de la tribu, pero sí por qué. Ya no podía con el silencio de la ausencia de los papás, los huecos negros en la mesa del comedor, los sillones vacíos en el jardín, las corolas secas de las rosas, los hibiscos sin regar.

Papá y mamá aprendieron a guardar silencio en la casa de verano. Envejecían. Se hacían más torpes. Chocaban con sus cuerpos contra las esquinas de los muebles y no veían con claridad al caer la tarde, tampoco las letras de los periódicos ni si la cocina, el ventilador o la bomba del agua se habían quedado encendidos a apagados. Dudaban de su cuerpo y también de sus pensamientos. No sabían si llegarían a los veranos siguientes y si tendrían dinero suficiente para envejecer. No formaban parte de la nueva generación. ¿En qué pensaban? ¿Por qué callaban? Quizás se protegían y no querían molestar a los hijos para que estos los amaran. Papá me lo confesó una tarde paseando por San Nicolás: Yo no quise a mi padre pero vosotros sois de otra manera.

Luego vienen los enfrentamientos entre padres e hijos, como en *La condena* de Kafka. La relación con el padre era su obsesión. De la madre, apenas hablaba. Sobre las madres hay menos escrito, no hay razón para luchar contra ellas, parece que no tienen autoridad ni decisión ni un espacio de libertad. ¿Para qué enfrentarse? El padre se enfrenta al hijo en *La condena.* El hijo parece tener una bondad y generosidad infinitas. Sin embargo el padre lo acusa permanentemente. ¿De qué?, te preguntas cuando llegas a la mitad del relato. De "cubrirlo". El hijo sobrevivirá al padre y lo cubrirá cuando muera. Es la culpa del padre por haber engendrado a un hijo. Le da la vida pero será el hijo quien lo asista cuando muera y lo cubra en sus estertores. La culpa permanente, infinita, sin solución.

Ahora, las generaciones se invierten. Es el hijo quien acusa al padre. Cuando el padre hace todo lo posible para que los deseos de los hijos se hagan realidad, deja de ser un problema y comparte el espacio del huerto y el verano con ellos. Pero un día los padres dejan de hablar. Miran la comida que les ponen en el plato y escuchan en silencio las conversaciones de los hijos con los amigos en la mesa de la porxada. Ocupan una esquina cada vez más pequeña para que los hijos y sus amigos tengan más espacio. Piensan que es mejor callar y agradecer los cuidados que les prodigan. Cómo vas a decir nada si sabes que los hijos son así porque los has educado tú. Mientras, ellos esperan lo que creen que es suyo por nacimiento y los padres acaban cediendo, y dejando que la vida avance y siga su destino.

Aquel verano yo acababa de llegar de Barcelona y tenía mucho trabajo. Debía terminar un artículo sobre el jardín persa y el aprovechamiento del agua. Era agosto, la familia estaba de vacaciones y yo tenía que trabajar, pero no podía dejar de ir. Quería pasar el verano en el huerto, como de niños. El paraíso perdido.

Albert y su mujer acababan de casarse. Se alegraron mucho de verme, todos nos alegrábamos mucho de vernos. Fui a mi habitación con la vieja mochila negra a la espalda pero estaban sus cosas. Habían dejado una maleta abierta encima de la colcha de patchwork que me hicieron hacer de niña. Era mi ventana y mi escritorio de siempre, una habitación para mí sola. Una chica no compartía habitación con los hermanos. Había heredado un colchón doble de mis padres y desde la almohada se veían las ramas de un viejo limonero. Les pedí que por favor se cambiaran, pero Albert se sorprendió. Estamos nosotros, dijo. Sí, pero tengo que trabajar, solo serán unos días, cuando me vaya, os ponéis otra vez. Y contestó: ahora nosotros somos una unidad familiar y la necesitamos, como tú no quisiste tener hijos…

No sé en qué momento comencé a gritarle. Yo no era nada y ellos eran una familia. Vivir me costaba un gran esfuerzo. Estar sola era un gran esfuerzo. Pero, por si se te habías olvidado, yo no era una familia y ellos sí. Mi hermano recogió cabreado sus cosas y yo tomé posesión de mi escritorio y mi ventana.

Al día siguiente, me senté a desayunar con los papás en la porxada. El viento del sur levantó el mantel de hilo blanco de la abuela y una esquina mojó el café con leche. Me fijé en su silencio y en sus arrugas. La generación empezaba a sobrevenirles. ¿Los acompañarían en la decadencia? Eran vejez, duda e incertidumbre y no había más remedio que confiar en los hijos.

¿Dónde viviré cuando sea madre?

Mamá ya no está pero paseamos mucho juntas después de que le diagnosticaron la enfermedad. Sa Cadera del Bisbe, Sa Platja Petita y el Paseo Marítimo para arriba; el Paseo Marítimo, Sa Platja Petita y Sa Cadera del Bisbe para abajo. A ella le gustaba andar por la playa antes de bañarse, pero la orilla estaba inclinada y le molestaban los tobillos. Había que ir y volver para equilibrar las articulaciones. Ese día, llevaba una camisa beige de algodón al viento encima de su bañador oscuro. Dentro del mar, se bajó el bañador hasta la cintura para sentir el agua en la piel. Contaba que de joven había sido nudista. Me gustaría pensar que así fue y que disfrutó de muchas otras cosas. Ya no aguanto más a tu padre, me dijo una vez más. Yo no supe muy bien qué contestar porque los quería a los dos y también paseaba con mi padre y hablábamos, yo más que él, y nos sentábamos en el balancín del hortal, y un día me pidió si le podía dar la mano y se la di, pero muy poco tiempo porque me daba vergüenza. Pero mamá estaba enferma y la iba a perder antes que a papá. Sabía que se iría pero no estaba preparada –nunca lo estás– y todo lo que hice fue demasiado poco. Si se pudiera tener una segunda oportunidad o un poco más de tiempo... Me habría gustado que la niña tuviera unos abuelos y que hubieran sabido que yo soy otra. A mamá le habría preguntado si quería ver cómo su hija era madre.

Nunca sabré si ella llegó a enterarse. Si lo sabía el día que nos despedimos en el hortal, tras volver de Barcelona y de la clínica, y después de pasar unos días con ellos y los limoneros, y los nísperos y una garza que aún quedaba cuando ya todas se habían ido y vino a beber al safreig como si quisiera vernos. Acababa de romper con él, no podía seguir después de lo que había pasado y había tomado una decisión.

¿Quieres quedártelo?
¿Quedármelo? Yo: como si solo fuera mío.
Como si solo fuera a cubrirme a mí.
Y nos fuimos a la clínica.

Sería madre y lo haría sola, algún día. Mamá vino al balancín después de que papá se fuera a dormir. Me cubrió con la manta de ganchillo que la abuela le hizo hacer y me abrazó fuerte. Esa sensación oscura aunque reconfortante con el croar de las ranas de fondo. Me eché a llorar en sus brazos, nos balanceábamos y me acunaba. ¿Has podido despedirte?, me dijo. No, contesté, saqué la cara de sus mangas y apagué un grito. Esperó a que terminara y dijo: Pues despídete y cuéntales cómo te sientes. Lo hice. Me despedí de él o de ella y también de la culpa, y me quedé dormida en el medio huerto, medio jardín. Me marché a Barcelona al día siguiente y ya no la volví a ver con vida. Mi padre siempre fue otra cosa. Se fue más tarde y tampoco estaba preparada. Vendimos el piso de Ciutadella, vendimos el hortal y me quedé sin casa.

EL CAPITÁN SUBIÓ DE DOS EN DOS LOS PELDAÑOS hacia el piso superior de la casa. Había avisado que se ausentaba un momento y que no tardaría, pero no lo debieron de escuchar. Aún había disparos sueltos, gritos entrecortados y cascos de caballos atropellados entre los adoquines de las callejuelas. A pesar de todo ya no quedaba nada por saquear y un olor a quemado amargo, quizá de animal, quizá de ser humano, impregnaba las fachadas de las casas. La llave siempre la llevaba consigo, así que sacó el baúl del armario del dormitorio, lo abrió y comprobó si estaban sus ropas de gala. Era el jubón más rico y ostentoso que había tenido nunca, y aún no había podido estrenarlo. Lo desplegó de un golpe: era de un naranja intenso, estaba húmedo y olía a moho pero se lo probó delante del espejo. Le recorrió un escalofrío por los brazos. Esta isla de tiempo inclemente. Ya no quedaba más por hacer. Se había intentado todo: la población se había defendido de manera ejemplar y, además, él también había combatido. La ciudad había caído y él se preparaba para lo que viniera a partir de entonces. Un viaje, un rescate, un intercambio o una prisión. Vestido así, con sus mejores galas, el enemigo sabría que se trataba de un hombre importante al que había que cuidar en vez de matar.

Sabían que podía ocurrir. Y que la posibilidad de recibir ayuda del exterior, sobre todo de Mallorca o Cataluña, que estaban más cerca, era casi imposible. Una ciudad así, tan pulida, con fósiles marinos incrustados en las fachadas, con piedras areniscas que absorben y expulsan los colores, con la misma luz sobrecogedora desde hace cinco siglos, pero indefendible. Además, ¿por qué no iban a venir, si era la isla de paso entre Oriente y Occidente y formaba parte del itinerario de los intereses de unos y otros? La armada turca tardó nueve días en hacer caer a Ciutadella. No tuvieron más remedio que resistir. Si se hubieran entregado, a la monarquía no le habría gustado. Había que crear una imagen y mantener el imperio de cara al exterior. La diferencia de fuerzas fue formidable. Estambul frente a Ciutadella: más de 12.000 soldados otomanos de la élite del sultán Solimán contra alrededor de 700 ciudadelanos mal armados. Se llevaron a 4000 cautivos de una población de alrededor de 4.200 personas. El nivel de habitantes tardaría medio siglo en recuperarse y se haría con migraciones de Cataluña y otras zonas del archipiélago balear. ¿Cómo mirarían por primera vez a Estambul los menorquines cuando llegaron a la gran ciudad turca? ¿Qué pensarían al ver la cúpula de la mezquita de Suleymaniye desde el Bósforo?

III

Nadie piensa en las flores,
nadie piensa en los peces,
nadie quiere
reconocer que el jardín se está muriendo,
que el corazón del jardín bajo el resol se ha hinchado,
que la memoria del jardín, lentamente lento,
del recuerdo de los verdores se está vaciando;
y el sentir del jardín es como
un ente solitario que en su aislamiento se ha podrido.

El patio de nuestra casa está solo.
El patio de nuestra casa,
a la espera de la lluvia de una nube desconocida,
bosteza,
y la fuente de nuestra casa está vacía;
las pequeñas e inexpertas estrellas,
desde la altura de los árboles, caen sobre la tierra,
y desde las ventanas descoloridas de la casa de los peces,
por las noches, se oye toser.
Nuestro patio está solo.

El patio de nuestra casa está atónito.

Forugh Farrojzad
Fragmento de "Siento pena por el jardín".

LAS VERDURAS TENÍAN LOS COLORES DE LAS FLORES y de lejos se confundían unas con otras. Una cúpula miniada. El jardín hace que el tiempo pase de otra forma, más rápido tal vez. El granado estaba mejor que cuando llegué, más fuerte pero con las granadas aún pequeñas. Cuando fumaba un cigarro en la porxada, miraba el huerto al atardecer: a través de las tres columnas, a lo lejos, se veía la luz del faro: puntos rubíes, de un rojo oscuro, seco y caliente, y los frutos entre la luz, como joyas.

Llegó al principio de verano, cuando el huerto estaba casi terminado, si es que las plantas dejan de crecer en algún momento. Solo quedaba yo y veía el atardecer, como había hecho hasta entonces. Había llevado vino en el termo y me puse un vaso. Nadie me había dicho que venía ese día, tampoco él. No lo oí entrar pero lo sentí. Miraba hacia el azafrán: ya no cortaría las flores púrpuras, ni tendría que madrugar para cogerlas antes casi de que se abrieran, ni limpiaría de moho las dos cestas de madera para poderlas extender bien y que no se aplastaran. Miraba el huerto como si fuera otra y me recordara a algo, a alguien a quien había amado. Entonces algo me hizo volverme y vi a Mana. Me sonreía desde el emparrado. Gritó mi nombre, pero no la reconocí. Se quitó el velo. Entonces me di cuenta: y nos reconocimos en el espejo del rostro. No nos movimos, pero los ojos se encontraron y recordamos lo que habíamos confiado al viento y la noche.

Mana llevaba una falda por debajo de la rodilla, una camisa ancha y escotada y las uñas de los pies y de las manos pintadas de color cereza. Me abrazó fuerte y sentí su pecho en mi corazón, pequeño y blando, como una esponja. Se apretó más contra mí, pero yo la aparte suavemente. Todo era demasiado nuevo y buscaba al nieto de otra vida, de otra casa, de otro jardín. Otro cuerpo. Acerqué la mano a sus ojos. Son los mismos de siempre, dije, de color almendra.

Me contó de nuevo el final de su viaje mientras atardecía. La vieja brújula que llevaba colgada en la porxada desde el día que entré funcionaba por primera vez y confirmaba la orientación del huerto. Se hizo de noche y Mana dijo que durmiéramos allí. La terraza le recordaba a la casa de Aqda y a la infancia. Había venido en taxi desde la estación de autobuses de Ciutadella y tenía el equipaje consigo. Me dejó una bata para dormir y nos tomamos los pistachos que había traído con el vino tinto del termo. Llevaban azafrán y manchaban los dedos de amarillo cuando los abrías, y de sal los labios cuando los comías. Había viento sur, no hacía frío, y nos quedamos en la porxada. Dormimos una sobre la otra, Mana en mi pecho, y yo la miraba a veces y la intentaba reconocer.

Nos despertamos con la luz del amanecer y los gallos del barranco de Algendar. Le dije si quería ver el huerto. Habría que dejarlo pronto. Le mostré la carta. La conservé siempre. Fuimos hasta el fondo y se paró delante del campo sembrado de azafrán. Plantemos más cosas, dijo, limpiemos la tierra de al lado y hagamos un huerto más grande. Quien venga cuando nos echen que se encuentre un jardín infinito y una casa vacía.

Le hablé de ti. Le dije: Anna no podrá ayudarnos, está a punto de dar a luz. Pero Mana y yo podríamos trabajar, y así pasaría unas semanas más conmigo antes de seguir su viaje a Bélgica. Dormíamos al aire libre en la porxada y Mana usaba la bicicleta para ir y volver a Ciutadella. Limpiamos de rocas los metros cercanos al huerto y Mana hizo tres agujeros grandes. Plantamos un albaricoquero, un árbol de membrillo y un paraguayo. Luego quitamos las malas hierbas, preparamos la tierra y decidimos que plantaríamos para recoger en otoño, aunque ya no estuviéramos allí. Sembramos zanahorias, que son naranjas, y guisantes, que son buenos amigos de las zanahorias y que además les darían sombra. Removíamos la tierra con los dedos y me acordaba de la casa de Aqda, de las tuberías que puse para que el agua cayera en la pradera y de cómo Mana buscaba lombrices en la tierra mojada que dejaban a su paso, cuando aún no estaban tapadas. Mana se acordaba también de los primos del pueblo, del día que se echaron las vigas al hombro para hacer el techo de la casa y de la comida que preparamos después con la familia. Habías plantado tulipanes en macetas, dijo Mana. Sonreí, yo también me acordaba de los tulipanes, y de que no llegaron a crecer. Aún estabas enamorada, ¿verdad?, dijo Mana. Sí, y los tulipanes eran rojos, contesté. ¿Por eso hiciste la casa de Aqda?, preguntó. Así es, contesté, y también la pradera. Cuéntame, por favor. Y se lo conté mientras estábamos de rodillas y apretábamos la tierra alrededor de las pequeñas matas de apio que ya no cosecharíamos.

¿Por qué no sabemos nada de quienes hemos amado? Se llamaba Darian y era de Yazd. Dicen que se necesita la mitad del tiempo que dura una relación para recuperarse de la ruptura. No sé, yo aún lo recuerdo. Pasa solo a veces. Vuelve con el calor del verano, la luz del atardecer del parque Mellat, el olor de la lluvia en el Caspio, el sabor de la sal de la piel después de un baño en el mar. Lo vi por primera vez en el bar Ferdusi. Llevaba una chaqueta roja con botones negros, gordos y redondos, y tenía un bigote muy fino. Parecía el retrato de un monarca qajar. Vivía en Teherán pero iba una vez al mes a Yazd por negocios. Esa noche acabamos de madrugada en su hotel, sorteando los canales de agua del jardín. No te voy a mentir, estoy casado, pero casi no tenemos relación, me dijo mientras se ponía encima de mí y me penetraba. La siguiente vez quiso ver mi casa. Le dejé. Le hablé de mis padres, de mis hermanos, de mi vida en el pueblo y de Yazd. Me pone triste oírte, pero ese dolor te da luz, me decía. Cuando lo escuchaba, me olvidaba de Mahdiar, del pueblo y del campo, de las casas que limpié y cociné. Ven a verme a Teherán, dijo.

Vino a buscarme a la estación de autobuses con sus botas camperas. Había una foto... dónde estará ahora. Yo llevaba una camisa negra y estrecha, una falda de piel marrón y unas botas altas con cremalleras. La melena pelirroja me llegaba a la cintura. Con Darian todo era muy fácil. Paseamos y me enseñó Teherán. No había mucho tiempo –solo nos veíamos el fin de semana y en hoteles siempre diferentes de la parte norte– pero visitamos el parque Getarieh y jugamos un partido en las mesas de ping pong. Fuimos al cine en Lalehza y me contó despacio, como en un cuento, las miniaturas del Museo Abbas:

todas hablaban de amor y de las parejas que más se habían amado. Los labios de Layla, del poema de Nizami, eran siempre muy rojos y miraba el jardín como si fuera la imagen de su amado Majnún.

Volvimos al hotel. Pedimos la cena en la habitación y bebimos vino y dos maltas muy viejos. Llegaba la hora, tenía que volver a Yazd y me puse triste. Era una angustia oscura y me sentí de pronto muy sola. Abandonada, como en el campo de tierra seca de los almendros, como en la tinaja vacía de aceite que me escondía de niña. Solo quería meterme en la cama, taparme con la sábana y llorar. Darian se acostó a mi lado pero no le dije nada. Nos abrazamos de nuevo y sentí su piel. Estaba encima de mí, a punto de corrernos, y se lo volví a decir. No te corras dentro. Me empujó suave y salió de mí. Me preguntó si tomaba la píldora. Me aparté de su cuerpo y le dije que ya sabía que no, pero contestó que no se lo había dicho nunca, aunque lo habíamos hablado muchas veces. Encendió la luz de la mesilla y un cigarrillo y entonces preguntó con voz suave y paternal: ¿Qué quieres?, ¿hacerme un hijo? Y le contesté que yo no hacía hijos a nadie. Me levanté, recogí mis cosas, las metí en la bolsa y salí a la calle. Llevaba la camisa negra abierta y paré un taxi.

Me gustaba ir en bici en Menorca. Es plana y verde y, mientras pedaleaba, sentía que todo lo experimentaba por primera vez: los vientos en la cara, en los brazos, en los tobillos, esas rachas que inclinaban los árboles hacia el mismo lado, intermitentes: todo se inclinaba hacia el sur. El viento ordenando el paisaje. La velocidad de la bicicleta me daba tiempo para ver cómo cambiaban las flores, las plantas, los árboles, los cultivos: en la isla los cambios de la naturaleza eran muy grandes. Había rocas de formas y colores muy diferentes, barrancos llenos de agua y humedad que parecían heridas, aves de paso, playas pequeñas con arena tan blanca y fina que se metía por las líneas del cuerpo para siempre y bloques de piedra en las casas con fósiles marinos que, con la luz del amanecer y del atardecer, se convertían en conchas y estrellas. Una isla tan pequeña y con tanta variedad. En Aqda también había tenido una bicicleta. Me la regalaron mis hijos pero casi no la usé, solo para cargar cosas cuando iba por las calles estrechas del pueblo. Además, eran muy empinadas y tenía que llevarla caminando. Las distancias en Irán son muy grandes y no habría podido ir en bici a otros pueblos. ¿Dónde estará ahora? ¿En la pradera delante de la que fue mi casa? ¿Seguirá aún con la veleta dorada que le puso Mana en el manillar? Con la bicicleta iba y venía de la habitación donde vivía en Ciutadella al huerto, y hacia las compras y recados por el pueblo y el polígono. En Aqda, iba con la bicicleta a ver a los primos y primas y cargaba los materiales que podía para la obra de la casa. La bicicleta de Menorca era azul y llevaba una cesta negra y la de Aqda había sido amarilla y tenía dos alforjas negras.

Lo encontré en uno de esos paseos al poco tiempo de llegar. Pensaba que no buscaba nada, pero en cuanto lo vi supe que sería el lugar. Mi casa en el mundo. Había salido de Ciutadella hacia el sur y apareció en mitad de una recta muy larga con una palmera delgada y alta a la izquierda. Iba rápido para aprovechar la pendiente y que luego me costara menos pedalear, y frené al ver el cartel. Estaba encima de un pilote y tenía las letras de color azul eléctrico, redondas y gordas. No había nada más, solo campo y en medio un cuadro colgado en mitad de la naturaleza. Dejé la bici en el hueco de la entrada. Había una puerta metálica con candado. Intenté subir por los botadors de la pared seca de la derecha para pasar, pero eran demasiado altos. Me quedé mirando desde allí. Olía a sal y a humedad, aunque el mar estaba muy lejos. Al fondo, en línea recta, había un faro. Se parecía al mar Caspio y sentí algo que había olvidado hacía tiempo. Algo viejo y feliz. Bajé y volví a la puerta. La empujé muy fuerte con todo el cuerpo y se abrió delante de mí. El candado no estaba cerrado. Había un camino que llevaba a la casa. Era de tierra y habían crecido tantas plantas y flores que los coches no podían entrar. Había flores que no había visto antes. Fel i vinagre, que amargaban si las comías y llenaban de amarillo la entrada, y gamones blancos, tan altos como la pared seca alrededor del camino. Había también árboles pequeños a los lados, hijos pequeños de ullastres, que tapaban la vista del fondo. Volví a por la bici a la entrada y caminé llevándola por el manillar, como en una excursión de niña. El mar olía cada vez más fuerte.

Al fondo había un edificio abandonado que no se veía casi desde la carretera. Estaba rodeado por un patio de cemento con rajas, agujeros, y raíces fuertes que lo levantaban y por donde salían las malas hierbas. Las llamaban malas pero teñían de verde el gris del cemento. Llegué hasta la puerta del edificio y apoyé la bicicleta y mi cuerpo en un lado de la entrada. Respiré y cerré los ojos. Había venido de muy lejos, era extranjera, y había entrado en un espacio con un candado abierto. Invadía, como una mala hierba, y ahora iba a entrar en una casa que no era la mía: pero hay sitios que parecen que son de siempre y para todos. Son los lugares que se abandonan.

La puerta del edificio también estaba abierta. Vi las habitaciones una a una, todas para mí, una recién llegada a la isla que aún no tenía casa. A la izquierda estaba la cocina. Quedaban algunos muebles viejos y húmedos y una nevera abierta con una escoba en medio para que no se cerrara. Fui a las habitaciones más pequeñas: habían dejado somieres y librerías de obra. No tenían baño, pero había uno sin agua al final del pasillo. El lavabo estaba sucio y tenía un cuadro de una playa muy azul sin marco. Seguí por otro pasillo con tres habitaciones más hasta que llegué a la última. Daba al sur, era la más grande y tenía cuatro ventanas. Había un baúl, viejo y oxidado en una esquina. Lo abrí, pero no había nada dentro. Me senté encima y descansé un poco. Me pareció oír el mar a través de las ventanas cerradas, el olor de algo conocido. Lo seguí y salí fuera: había una caseta de piedra y una caravana muy cerca. Las dos estaban cerradas, pero la caseta estaba hecha con las mismas piedras que los muros del terreno. Tan cuidado, tan bonito, tan igual la naturaleza a los edificios. Seguí hasta el final.

Detrás de la casa, había un campo de tierra seca. Aún se podía ver las líneas de la máquina que lo había labrado. Me agaché, cogí la tierra e hice un montón a cada lado de la línea. Estaba seca pero suelta y tenía arcilla: no era mala y pensé que serviría. Había cañas por encima. Algunas tenían tomateras enganchadas. Puse una de pie y la golpee con una piedra para clavarla bien. Los tomates eran pequeños y marrones, no habían llegado a crecer y habían muerto prematuramente. Había también espinacas silvestres, ramos verdes de plantas. Eran azuladas y no sabía bien si se podían comer, pero habría que probarlas. Malas hierbas que crecen solas sin ayuda de nadie, verduras abandonadas para hacer platos de toda la vida. ¿Nadie cuidaba de ellas?

Había un pozo a la derecha, muy cerca de la caseta. La puerta estaba abierta, me asomé al fondo oscuro pero no se veía nada. Entonces grité. ¡Pari! El sonido subió por las paredes húmedas y se escuchó por el hotel y el huerto de Torrepetxina. Volví a gritar y, al escuchar mi nombre, sentí que llevaba tiempo en Torrepetxina y que ya no era una recién llegada. Había un cubo con una cuerda negra y lo bajé hasta el agua. Hice tanta fuerza para subirlo que me quemé las manos y la piel se levantó. El agua era transparente y regué las tomateras. Ya no volverían a crecer pero ver cómo la arcilla se oscurecía me hizo sentirme bien y respirar mejor. Miré el faro a lo lejos y lo decidí. Sí, sería allí. Un lugar para hacer un huerto. Una casa donde no sentirme extranjera mientras cultivaba. La casa me tapaba y no me verían desde la carretera.

Llevaba meses trabajando en el huerto cuando vinieron por primera vez. Escuché un coche que se acercaba pero en vez de acelerar en la recta y pasar de largo hacia Son Mestres, como hacían, apagó el motor al lado de Torrepetxina. Esperé a que se volviera a encender. Quizá se había perdido y estaba viendo el móvil, pero no escuché nada. Me asomé con cuidado por la porxada y vi a dos personas que subían por el botador de la pared seca para entrar. Recogí las cosas, las metí en la mochila y me fui al fondo del huerto entre los ullastres para que no me vieran. Hacía viento, las ramas se movían y pude ver cómo entraban por el camino y llegaban hasta el edificio. Al poco rato, llegó otro coche y entraron dos personas más. Fueron al edificio y escuché cómo se abrían y cerraban las puertas. El viento trajo algunas palabras. Es una lástima que la hayan abandonado, decía uno. Pero está en buen estado y servirá, habrá que hacerlo cuanto antes, dijo alguien más.

Una tarde fui a regar al caer el sol y vi que la puerta del edificio estaba abierta. Yo siempre lo dejaba todo como cuando llegué por primera vez. Alguien había pasado la noche en la habitación más grande. Las ventanas estaban abiertas y las contraventanas verdes de madera golpeaban contra la pared de fuera.

Una mañana vinieron mientras estaba con el azafrán. Era una furgoneta morada con cuatro chicos y bajaron materiales y herramientas. Me quité el traje de trabajo, me quedé en el huerto y esperé. Fueron hasta la caseta de piedra para guardar las herramientas y siguieron hasta el fondo. Se sorprendieron al ver el huerto, y mucho más al ver el azafrán, y se acercaron para ver qué era. Salí cuando se habían agachado para cogerlo. Se levantaron al verme. No sabíamos que hubiera nadie aquí, dijeron. Y yo les dije que me pasaba lo mismo. ¿Dónde vives?, preguntaron. Y les dije que solo iba allí para cultivar el huerto y que iba cuatro o cinco días a la semana desde Ciutadella. ¿Y esas herramientas?, les pregunté. Y me contaron que querían arreglar Torrepetxina poco a poco. Un lugar así no podía estar vacío ni había que dejar que se cayera. Luego alguien vendría a vivir, quizá ellos, quizá otros, quien lo necesitara.

Iban todos los días a trabajar. Los escuchaba al llegar y al marcharse. Yo llegaba antes y me quedaba al fondo en el huerto. Esperaba siempre a que terminaran y, cuando se iban, salía. Limpiaron el camino de entrada y arreglaron los agujeros del patio. A veces me los encontraba de camino al pozo del agua y nos saludábamos. No eran siempre los mismos. Me preguntaban cómo iba el huerto y yo les preguntaba cómo iba la obra. La porxada era la frontera. Ellos no iban más allá y yo dejaba mis cosas ahí, trabajaba en el huerto y pasaba el día. Los fines de semana venía más gente, familias enteras. Trabajaban juntos y después comían en el patio y se quedaban hasta que se hacía de noche. Los niños se acercaban al huerto y jugaban en la porxada. Sabían que no había que pisarlo y que tenían que tener mucho cuidado cuando hacían círculos alrededor de las columnas con las bicicletas. Esos días me iba antes que ellos, y pasaba por delante del patio con la bicicleta por el camino ya limpio y cuidado.

Una tarde me invitaron a tomar algo y me dijeron que era un grupo de amigos de Ciutadella y Ferreries que se conocían desde niños. Sabían la historia de Torrepetxina y me la contaron. Lo había comprado hacía años una pareja de Barcelona y lo arreglaron ellos mismos. Hicieron un hotel muy bonito y sencillo, pero él enfermó y tuvieron que venderlo para volver a la ciudad. No sabían quiénes lo compraron después. Una inmobiliaria se había hecho cargo de todo. Decían que los dueños querían venir a pasar temporadas y quizá a vivir, pero luego se enteraron que harían un hotel de lujo. Sin embargo, no se había visto a nadie después de la venta. A Torrepetxina la habían abandonado. Había que recuperarla para vivir en ella. Algunos recordaban el viejo hortal de aquel tiempo: era más pequeño y tenía más flores y menos verduras.

Cuando Torrepetxina estuvo arreglada, empezó una nueva casa y una nueva vida. El grupo de amigos iba y venía y traía a nuevos amigos. A veces vivían allí, pero no lo hacían por mucho tiempo. Algunos venían de Maó y dijeron que habían llegado a la isla dos familias iraníes y buscaban dónde vivir. Habían venido de Teherán vía Estambul, un país que no pedía visado a los iraníes, y querían ir hasta Bélgica, una de las rutas que hacían los iraníes que salían del país y pasaban por España. Las Baleares se habían convertido en un sitio de paso y una escala para continuar el viaje. Habían solicitado protección internacional y estaban esperando a que se tramitaran sus expedientes para seguir el viaje en barco a Palma, desde donde continuarían el camino. Los barcos, las escalas, las esperas, los pasos fronterizos, los destinos, a veces Bélgica, a veces Grecia, a veces la antigua Yugoslavia, todo ello ayudaba y hacía más fácil el viaje a los iraníes que querían irse del país. De aquellos días me acuerdo sobre todo de Myriam. Fue una de las que más trabajó para arreglar el hotel cuando vino a vivir, y también una de las que más le dolió cuando lo desalojaran. La primera vez que vino al huerto se quedó mirando los tulipanes. No se sorprendió al verlos, como hacía el grupo de amigos menorquines, tan cerca de las calabazas, con tantos colores, con lo que cuidas tú el agua. Me sonrió, me saludó en inglés y lo dijo: el amor no puede ocultarse, como el sol atraviesa las nubes.

Los puños cerrados y negros como el pelo. Ni rompía a llorar ni los abría, como si no quisiera salir.

La carretera estaba cortada. Una pala se había tragado la mitad del asfalto de la carretera para enterrar algo bajo tierra. Dejé el coche en una androna y seguí andando. El antiguo hotel quedaba a la derecha. Había tres coches y varias bicicletas que habían aparcado como podían en el hueco pequeño de la entrada. Dentro se escuchaban juegos, ladridos y música. Un balón de playa saltó y se lo llevó el viento por encima de la pared seca. Sohrab salió a buscarlo y me dio un abrazo cuando me vio. Myriam vino tras él. Qué pena, qué poco les importa un lugar así, con el trabajo que ha costado arreglarlo, dijo. Habían vivido aquí hacía tiempo, al poco de venir de Zahedán. Llegó a haber treinta personas, y de las habitaciones que daban al sur se hicieron dos dormitorios corridos.

Los amigos habían hecho guirnaldas de papel azul claro y naranja, y decoraron el patio de delante del viejo hotel para ese día. Había grietas cuando lo ocuparon y habían crecido dos laureles pequeños, pero echaron hormigón, lo lucieron y los niños jugaron a partir de entonces allí con los patines y las bicicletas. En la caseta de piedra guardaban la leña y la herramienta y, en la caravana, hicieron otro dormitorio cuando en el hotel ya no cabían. La barbacoa estaba detrás y la habían encendido para la fiesta. Hay de todo pero se han empeñado también en asar carne, no sé quién come más si un menorquín o un iraní, dijo Myriam.

Sorteé las guirnaldas y me senté en la alfombra. Había coca de tomatiga y Layla me acercó una taza de té. ¿Me ayudas por favor?, preguntó, y le di la mano para que se pusiera de pie. Se apoyó en mis hombros y aprovechó para estirar las piernas y desentumecerlas. Tenía los tobillos muy anchos y había cumplido noventa años. Había llegado hace casi cincuenta a Menorca desde Shiraz y la policía la llamaba cuando necesitaba a alguien para traducir del persa. Decían que hacía la mejor comida persa del mundo, pero yo aún no la había probado. La preparaba para celebrar reuniones, mientras se tramitaban las condiciones de asilo y las familias quedaban indocumentadas. Todos sus hijos, menos uno, nacieron en Alaior, pero hablaban muy bien el persa. Al principio, ellos le daban una parte de la propina semanal para que les diera clases de persa, pero luego fue ella quien tuvo que pagarles para que siguieran. Yo no llegué aquí con documentación falsa, como hace la mayoría, una bahái nunca viaja con documentación falsa, me dijo una vez.

Su hijo mayor, Ebrahim, vino a buscarla: el sol estaba fuerte y llevaba demasiado tiempo sentada en el patio. No quería irse, y ella le dijo algunas palabras en persa con un tono seco y él se enfadó. ¿Cómo van las cosas?, le pregunté a Ebrahim. Muy lentas, contestó, llevan tiempo esperando y están cansados, no ven el día de continuar viaje y salir hacia Bélgica, y ahora esto. ¿Puedo hacer algo?, le pregunté. ¿Qué más puedes hacer, y además en tu estado?, ¿dónde vas a ir a vivir cuando nazca el bebé?, preguntó. No lo sé, le dije, y me llevé la mano a la barriga.

La acaricié lentamente, no notaba a mi hija dentro pero desprendía calor. Dejé de tener frío y me sentí mejor. Ya encontraré algo, dije para salir del paso. Y volví a insistir, ¿Puedo hacer algo más? De momento, nada, ya hemos reunido el dinero para los pasajes de barco a Mallorca: sin documentación, las organizaciones tampoco pueden hacer nada más, solo queda esperar. Myriam, su marido y los dos niños pasaron por debajo de las guirnaldas y se unieron al grupo de amigos. Myriam me llamó desde el patio, Pari había traído un regalo para mí y se había olvidado dármelo. Me acerqué y abrí el paquete. Había hecho un pichi de rayas negras y blancas de algodón. Me lo metí por la cabeza y, al pasar por la barriga, las rayas se ensancharon. Vas a explotar, dijo Myriam, y se echó a reír.

Estábamos en Torrepetxina con los amigos. Un niño jugaba con un fabiol y Sohrab le pidió que se lo dejara e intentó hacer lo mismo. Sopló la flauta de madera pero no le salió igual. Intentó cantar la melodía. Esta vez sí: "tiroriroríiiii". Sohrab se puso contento, la tiró al suelo contra las piedras, se rompió por la mitad y se fue cantando hacia el edificio. A las 12 llegaron dos hombres con chaleco amarillo y nos preguntaron a través de la barrera de la entrada si era el antiguo hotel de Torrepetxina. A las 12:05 entraron y engancharon la guirnalda azul con la escalera y la arrastraron por el suelo hasta la vivienda. A las 12:10 subieron al tejado. A las 12:15 dejamos la hoguera, la alfombra, los juegos, formamos un grupo y fuimos al lado de la casa para mirar. A las 12:20 ataron unas cuerdas al cartel. A las 12:25 tiraron de él pero no se movió. A las 12:30 un xoric sobrevoló la escuela. A las 12:35 una pareja de puputs volaron hacia nosotros y el grupo se desbarató. A las 12:40 Ebrahim preguntó si, encima, iban a necesitar que los ayudáramos para tirar abajo el cartel. A las 12:45 el cartel cedió por fin, las tejas crujieron y se rompieron a su paso y cayó al patio. A las 12:50 los dos hombres pidieron excusas, sentían que el cartel hubiera caído donde estábamos y que nos hubieran asustado. El grupo se disolvió y el cartel quedó panza arriba en el patio de los juegos de los niños. Las letras azules de Torrepetxina sobresalían sobre el blanco, como si tuvieran relieve, como si tuvieran textura, como si tuvieran piel.

¿Dónde vivirás cuando seas madre?

Llegaron en verano. Eran dos hombres y dos mujeres, y los estábamos esperando. Aparcaron el coche en la entrada y Myriam les abrió la barrera y los acompañó. ¿Necesitan algo?, les preguntó. Se sorprendieron al escucharla y solo contestó la mujer bajita y hermosa. No, muchas gracias, no tenemos mucho tiempo. Siguieron por el camino de entrada hacia el patio. Los niños se acercaron al ver al policía y acompañaron a la comisión judicial hacia el edificio. Ellos sorteaban los alhelíes de color púrpura para no pisarlos, pero la comisión no se fijaban en las flores y avanzaron dejando a su paso coloras, pistilos, estambres, hojas y tallos muertos. Sohrab se agachó, cogió un pétalo blanco de murta y una corola de enclova y dijo, ¡míos!, y los estrujó entre las manos.

Al llegar al edificio, la comisión encontró la puerta abierta de par en par y la luz encendida. Ya está todo listo, avisen cuando acaben, si necesitan algo más, estamos en la porxada, dijeron los amigos.

La comisión se repartió. La mujer bajita se fue a comprobar si quedaba alguien en la caseta de piedra y si la puerta estaba cerrada, pero también la encontró abierta. Volvió a hablar con ellos. Sí, el grupo de los amigos los estaban esperando, tal y como les habían notificado hacía unos días. Ya no hacía falta el cerrajero y no fue a ninguno de los edificios. Los dos representantes del ejecutante que había ordenado el desalojo revisaron las habitaciones para ver si había alguien y si habían dejado cosas. Las puertas estaban abiertas y no encontraron nada dentro. Solo les quedaba por comprobar mi habitación. La que fue suite cuando hicieron el viejo hotel y tenía cuatro ventanas, como los ricos. No había tenido tiempo en los últimos días para recoger mis cosas y lo había dejado para el último momento. Quería terminar el proyecto del jardín antes del desalojo. Se asomaron y me vieron dentro. Recogía los libros de flores y jardines y los metía en una caja. Hablaron entre ellos y decidieron que el hombre se quedara fuera. La mujer entró. Yo llevaba el pichí de las rayas dilatadas que me había hecho Pari y se fijó en mi estado. Nosotros solo hemos venido a hacer nuestro trabajo, dijo. Metí rápidamente la ropa del perchero en la maleta y las cosas de la balda que hacía de librería, y me centré en la mesa de trabajo. Dejé para el final las fotografías de las flores y los planos del jardín. Miré por última vez el dormitorio antes de salir. La mujer esperaba adentro a que yo saliera de la habitación, mientras que el hombre lo hacía en la puerta de entrada. Había sido mi casa.

Nos reunimos todos los amigos para marcharnos por el camino y la comisión procedió a conceder la posesión al dueño fantasma que había comprado el viejo hotel. Entonces se escucharon los ladridos de los perros al fondo, y dijeron que había que parar el desalojo. Hablaron entre ellos, pero Laia se adelantó y dijo: son nuestros, no se preocupen, también nos llevamos los animales. Abrimos la barrera, nos repartimos entre la furgoneta morada y los coches y dejamos Torrepetxina vacía y con todas las puertas abiertas. Ellos se quedaron un poco más pero no se les ocurrió llegar hasta el huerto. Estaba espléndido y era verano.

Llegó con los puños cerrados y negros como el pelo. Ni rompía a llorar ni los abría y yo pensaba que el dolor que me desgarraba era porque sus manos oscuras se habían enredado en mí y tiraban desde adentro, como si no quisiera salir. Un tapón que hace el vacío para no nacer. Pero no fue así: llegó de pie y con las piernas extendidas. Estaba tan agotada y dolorida que me imaginé que había tenido otro parto y soñé con otra niña. Pero estaba allí. Esta vez había sido deseada y esperada. Había elegido dónde nacería y cómo nacería y, a partir de entonces, podría hablar de qué era llevar una hija dentro y parirla. Había visto su forma desde el principio y no la había temido. Crecía, cambiaba, se escondía. Pasó de tener forma de mora, esponja y tubo, a ser como un reptil, un mamífero, a veces con cola, a veces sin cola. La recordaría para siempre y no tendría que imaginármela: pasara lo que pasara y fuera el parto que fuera. Ya no tendría que esconderme ni esconderla. Elegí el hospital de Maó, grité de dolor por los pasillos y no contuve las lágrimas ni los alaridos en el paritorio. Solo quería que me arrancaran de una vez esas piernas largas que no terminaban nunca y que no podían pertenecer a un cuerpo humano, porque nada podía doler tanto y atravesarme de esa forma. Lloré de nuevo en la habitación cuando la puse en mi pecho, que también es el lugar del corazón. Era de día, la luz entraba a chorros por la ventana, le daba a la niña en la cara y ni la dejaba abrir los ojos ni a mí ver cómo eran: pero estaba allí. Me dolían las caderas y sentía en los brazos un hormigueo que crecía al mismo tiempo que el dolor de cabeza. Entonces noté de nuevo unas contracciones, era extraño porque tenía a la niña conmigo. La miré, con sus ojos cerrados, y dije su nombre. Primero suave, luego más alto y al final casi a gritos: hasta que se despertó, se echó a llorar y yo con ella.

Llegó a principios del verano, mientras seguía trabajando en el diseño del jardín. Sentí las contracciones pero no les hice caso. No podía ser tan pronto, aún no había acabado el proyecto inicial y tenía que hacerlo antes de ser madre. Laia estuvo mucho más atenta que yo, preparó el coche y cogió mi bolsa para llevarme al hospital. Las fechas se cumplieron y ella, la niña, pues es ella siempre quien decide, salió de cuentas tal y como me dijeron. Según eso sería exacta, puntillosa, detallista y práctica. Una madre debería de imaginar cómo va a ser su hija. Y yo lo había hecho, pero no la acertaba a ver de una única forma. La proyectaba con tres años, feliz, jugando en la playa; con siete, torpe, montando en bicicleta; y de adolescente, enfadada y enfrentada a mí. Sin embargo pensaba que si la vida que había llevado durante el embarazo le había influido, como decían que pasaba, sería melancólica e irascible.

El trabajo del diseño del jardín lo había hecho casi todo en mi habitación de Torrepetxina. No había sido fácil. Había tenido que cambiar muchas de las cosas que aprendí cuando viví en la isla antes de irme a Barcelona y también lo que luego me enseñaron en la carrera. Tantos cambios climáticos, cada vez más sequía: tenía que pensar en una vegetación más tolerante a la falta de agua, tenía que pensar en otras especies. Se acercaba la fecha del desalojo y del parto y no me daba tiempo a terminar el proyecto. Dibujaba y borraba y, mientras, limpiaba con Pari los bancales del huerto para quitar las plantas que ya no podían dar más de sí y habían agotado la tierra. Elegía especies endémicas de la isla y plantas suculentas y carnosas que aguantaran mejor el agua para el jardín de Cala Pregonda. Mientras, Pari y yo recogíamos las frutas caídas del suelo para que no hubiera hongos. No terminaba el proyecto del jardín pero el huerto era cada vez más grande y estaba más espléndido. Vendrían y nos desalojarían, pero quienes vinieran finalmente para derribar el hotel y hacer uno nuevo se encontrarían con un huerto preparado para las estaciones siguientes y una naturaleza que se le resistiría, porque seguiría su curso.

Los ojos cerrados, las junturas del cráneo y los huesos aún blandos, los pies enteros y perfectos, los puños cerrados y un cuerpo completo que respira al ritmo de un pequeño corazón. Y me acordé de los únicos versos que conocía entonces sobre estar embarazada: "¿Quins ulls i quines mans –no pas les meves–/sabrien veure't com un tacte, sols,/com la bellesa feta carn, desclosa/sobre el meu ventre, sense interrogants?".

Cuando salíamos a pasear con el cochecito la niña yo por Sa Platja Petita, paraba y la miraba. Aún más al llegar enfrente de las escaleras talladas en la roca donde me habían enseñado a nadar con tres años. Unos brazos se habían desprendido de mí sin que yo notara que habían dejado de sujetarme y flotaba sola sin saberlo. Allí la miraba y le contaba que los abuelos ya no estaban, pero que yo le enseñaría a nadar como hicieron ellos conmigo. También, que no tenía hermanos, pero yo sí, y que sus tíos y primos se habían ido a vivir fuera de la isla. Y que yo había perdido el contacto con ellos hacía tiempo porque mis deseos habían sido otros y no los habían tenido en cuenta. Entonces la miraba y creía reconocer por un momento algo de la familia. Un hoyuelo, una barbilla en forma de limón, una sonrisa, una patada de ira, un entrecejo torcido, un suspiro, un gesto o mueca de mis hermanos o, quizá, de mamá o papá. Pero era mentira. No se parecía a nadie ni a nada que hubiera sentido antes. Tampoco a los hombres que había amado. A veces los buscaba en ella. ¿Cómo sería si hubiera sido hija suya? Si su pelo sería menos negro, tendría los puños más relajados y sería más generosa. Y no era capaz de imaginar si de mayor se quedaría a vivir en la isla. Ni en qué casa viviría o, sobre todo, si tendría una casa para vivir. Si su vida sería parecida a la mía, ahora que no teníamos casa propia y no podíamos disfrutar del hortal de mi infancia que vendieron los papás. Me preocupaba que no le diera tiempo a disfrutar de la naturaleza frágil y cambiante, pero desbordada, de Menorca, que la modelaría, como creía que había pasado conmigo. Y esos sonidos que hacía cuando dormía, en sueños, palabras que vienen del cielo o del mar, y que nunca sabría qué querrían decir. Me gustaba mirarla entonces e intentar adivinar dónde estaba, con qué soñaba: pero nada, no sabía nada.

Se había hecho tarde y era casi de noche, pero bajé de nuevo para seguir el mar y pasar por Sa Platja Petita. Quería enseñarle los patos a la niña, pero se había quedado dormida y además aún era muy pequeña. Habían bajado al agua por la arena y entraron graznando en el mar, no se apartaron cuando un hombre con traje de neopreno se cruzó con ellos nadando a crol. Entonces se despertó y se echó a llorar. La cogí por debajo de los brazos y la puse mirando hacia el mar y le enseñé los patos, aunque no se enterara. Se quedó muy quieta, atenta, siguiéndolos por el sonido que hacían, los graznidos que les llevaban hacia la bocana que se abría a Degollador.

La cuna de la niña estaba en el umbral de la galería del piso. Era sitio de paso y de corriente pero estaba más protegido del sol inclemente de aquel verano. Mi cama y la mesa de trabajo estaban en el boinder al lado la cristalera. Había recogido los planos del jardín y los había guardado en unos canutos provisionalmente, pero no los había vuelto a abrir desde que había nacido la niña. La mesa tenía ahora una lámpara en forma de bola del mundo que encendía por la noche para no molestarla. Daba una luz tenue y flojita con la que intentaba leer, pero estaba agotada y me quedaba dormida con el ordenador encima del pecho. La habitación de la niña había sido una extensión, alacena o rebost del comedor, y allí estaba su oso de peluche y su sonajero. Mana dormía a su lado, en una cama chiquita, y se despertaba y se dormía siguiendo los tiempos de la niña.

Pari había venido a vivir con nosotras, al menos, le dijo Laia, hasta que se vaya Mana. Había tenido que dejar la habitación en el chalet donde se instaló al llegar a Ciutadella. Los nietos de los dueños venían de vacaciones y la echaron. No le aseguraron si podría volver en otoño y dijeron que se fuera buscando otra cosa, por si acaso. Laia nos había dejado su piso y se había ido a vivir al hortal con sus padres. Ese trajín cuando llega el buen tiempo y las vacaciones, y la isla se convierte para todos en pura necesidad, en pura especulación. A Laia le habría gustado quedarse con nosotras. No quiero perdérmelo, decía, las cuatro juntas viviendo aquí. Nos traía cosas del hortal y, ya que venía, preparaba las comidas y las cenas. Pari también cocinó, y nos preparó cotelette de cordero y ternera con patata rallada y berenjenas con crema de queso y berenjenas con tomate y piñones y berenjenas asadas y ahumadas… Un iraní es capaz de hacer cualquier cosa con una berenjena, decía Mana. Y Pari le contestaba: disfruta hoy lo que tienes y cómete lo que hayas recogido.

El calor era insoportable. Era muy difícil vivir en el pueblo y en un piso. La humedad no dejaba respirar y al atardecer sacaba la cabeza a la calle para ver la puesta de sol, una grulla o el mar, pero solo subían los ruidos de la terraza. Tampoco había viento, parecía haber desaparecido. Esa tramontana que, de pronto, se deseaba más y se echaba de menos. A Laia no le daba vergüenza decirlo: que seamos nosotras las que tengamos que vivir en un piso y hayamos tenido que dejar el campo… Pero yo creía de verdad que todo cambiaría y sería diferente.

La niña crecía y sus ojos azules, grandes y claros no cambiaron. Al principio parecía que miraba a Mana cuando cantaba, pero no era así, eran las canciones que cantaba de Mahasti las que hacían que sus oídos se fijaran en su voz. Pero enseguida lo miró y también a Pari cuando cantaban juntas, con unos ojos tan azules que yo no recordaba que fueran de nadie de la familia y me parecían huellas de conquistas extranjeras en la isla y en la sangre. Mana seguía acompañando a Pari, aún estaría unas semanas antes de salir en barco hacia Palma para luego seguir el camino hacia Bélgica. El mismo itinerario que habían hecho entre veinte y treinta iraníes en los últimos años cuando pasaron por Menorca. Luego ya vería el sitio que elegiría para seguir el viaje, con velo o sin él; a veces él, pero casi siempre ella. Pari era feliz viviendo con Mana. Decía que no echaba de menos el huerto, ni la habitación en el chalet. Pero a veces me sorprendía la forma en que la miraba. En el cuarto de baño que compartíamos las cuatro mujeres -cinco cuando venía Laia-, salía de la ducha, se ajustaba la toalla, demasiado corta casi siempre, por los sobacos y se paseaba por la casa hasta el balcón. O cuando se preparaba para salir y dar un paseo con el cochecito de la niña, y se pintaba las uñas del mismo color que la sombra de ojos. Entonces Pari la miraba, dejaba de sonreír, parecía estar a punto de decirle algo, pero bajaba la cabeza al suelo y se tragaba las palabras.

Yo nací mujer y luego tuve que aprender a serlo, me dijo una vez Pari.

Volvimos a Torrepetxina en bicicleta las tres juntas. Era yo quien quería saber si había alguien nuevo y cómo seguía el huerto, y a Mana le gustaba hacer ejercicio y que las piernas se le pusieran morenas por el sol. Eran muy largas y cuando pedaleaba más rápido para aprovechar la cuesta antes de llegar al viejo hotel y se ponía de pie encima de los pedales para hacer más fuerza, yo pensaba que se parecían a las de la niña cuando nació, y que bien podría haber sido su padre, y ser también una buena madre. En Torrepetxina no había nadie y nada parecía haber cambiado desde la carretera, excepto la puerta, que ahora era automática, y una valla de alambre que habían puesto por encima de la pared seca y que rodeaba todo el hotel. Pari no quiso bajar de la bicicleta y dijo que no quería volver a verlo más.

Mana empezó a salir por las noches. Laia se ofreció un día para quedarse con la niña y que fuéramos a tomar una copa y enseñarle la zona de bares de Es Pla a Mana, pero Pari no quiso venir. Yo le acompañé el primer día y bailamos hasta el amanecer. Fue divertido, hacía mucho tiempo que no salía. Mana fue más veces por su cuenta. Una noche no vino a dormir y a Pari no le gustó. No tiene mucho sentido que te enfades, le dije yo, ya es mayor y sabe perfectamente lo que hace, además se va a ir muy pronto, ¿quieres que se vaya enfadada? Cuando Mana volvió por la mañana nos trajo ensaimadas para desayunar y los ojos de color almendra le brillaban. No te preocupes, le dijo a Pari, mientras se quitaba las avarcas de cuña y se masajeaba los pies. Tengo novio. Se llama Alí, vive en Teherán y se reunirá muy pronto conmigo.

¿Qué harás cuando me vaya?, le preguntaba Mana a Pari. Otra casa y otro huerto, le contestaba, y lo prepararé por si llega más gente y por si decides volver. ¿Vendrás a verme?, le preguntaba Mana. Y ella contestaba: Tú llega primero a Bélgica y después hablaremos.

El día que arrinconé la bola del mundo contra la pared, abrí los canutos para extender los planos, y abrí el ordenador con el proyecto fue un día importante para mí, casi una victoria. Estaba Laia y acunaba a la niña en sus brazos para que acabara de coger el sueño. ¿Aún sigues con eso?, dijo al verme. Es mi trabajo, contesté. Pues ya no hace falta, lo va a hacer otra persona. ¿Por qué dice eso?, pregunté. Porque no lo vas a hacer tú. Dicen que han elegido a alguien fuera de la isla, un hombre, creo, mayor que tú y más conocido. ¿Y qué hará?, pregunté. Qué más da, un sitio tan bello tampoco necesita mucho trabajo ni mucha inventiva. Esa no era una contestación pero sabía que Laia tampoco creía en lo que decía. ¿Me pasas a la niña, por favor?, le pedí. Se había dormido y respiraba profundamente. La coloqué en mi regazo y sentí el aire caliente de su respiración en mi garganta. Mana cantaba a lo lejos con voz de soprano. Abrí el portátil y, a pesar de todo, seguí trabajando en el jardín.

¿Cuál sería el paraíso del jardín en Menorca?

Era invierno cerrado y la luz natural duraba cinco horas menos que en verano, se midiera el tiempo como se midiera entonces. El día se iba prácticamente en las tareas de subsistencia. Se habían instalado en el poblado de Torrellafuda, una zona de formaciones boscosas y de arbustos, plantas perennes que vivían al igual que ellos, esperando que el frío invernal desapareciera y las condiciones ambientales fueran más favorables. Las masas vegetales no eran grandes y estaban intercaladas entre pequeños campos de cultivo, quizá trigo, quizá cebada y así, ya entonces, se fue formando el paisaje de la isla: a medias natural, a medias agrícola. Con la primera luz del día y tras el desayuno, se asignaban las tareas. Unos iban a por leña y a por agua, otros se ocupaban de cazar conejos y otros de reunir la sal, el vinagre, el vino y el aceite de oliva que consumían. El tiempo también se empleaba en los entrenamientos y las marchas. Cada uno de ellos había llegado a la isla con su vaso para beber y su tazón para comer, pero ya los habían entregado y se guardaban en un almacén para cuando tuvieran que marcharse de nuevo. Agrupar, juntar, fusionar, concentrar, crear un grupo unido de hombres era una de las características del ejército que había llegado a la isla en el siglo III a. C.

Sin embargo, todas las tareas diarias no daban para mantener activos a los miles de fenicios que habían salido de Cádiz en una de las Guerras Púnicas y recalaron en Menorca, aliada de Cartago, para pasar el invierno, y se quedaron seis meses. Seis meses sin guerrear es mucho tiempo, y más en una isla tan pequeña. La idea de los mandos superiores fue buena y la arquitectura que generó mucho mejor. Les ordenaron que perfeccionaran los muros megalíticos de Torrellafuda. En realidad no parecía que hicieran falta semejantes fortificaciones, no había poblados interiores de los que defenderse, pero hay quien dice que se hicieron para protegerse de las hipotéticas llegadas de los romanos y, probablemente, así se lo contaron a esos soldados fenicios tan inquietos en una isla tan pequeña y añorantes de otros vientos más fuertes, unas corrientes marítimas más favorables y unos horizontes más grandes. Durante siglos a nadie se le ocurrió que podrían haberlas perfeccionado los púnicos, pero no hace mucho se lanzó la hipótesis. Se dieron cuenta que las regía un único patrón. Todo se medía en múltiplos de 52. El llamado "codo púnico": la medida que usaban los maestros púnicos para las construcciones.

Al lado de uno de los restos de los muros más emblemáticos de la isla, muchos siglos, conquistas y dominaciones después, una pareja construyó un pequeño hotel. Lo hicieron con sus manos y muy poca ayuda. Querían un lugar para compartir su isla bienamada con los amigos y que además pudiera mantenerles económicamente cuando decidieron dejar Barcelona para instalarse. Hicieron un huerto pequeño, cuyas piedras tal vez alimentaron los muros de Torrellafuda. Pero el dueño enfermó y tuvieron que venderlo. No hubo más remedio. Les pagaron una cantidad que les pareció muy grande en comparación con lo que les había costado, pero que era insignificante para quienes lo compraron. La isla era un lugar bello, barato y seguro y había gente que trabajaba en buscar lugares bellos, baratos y seguros alrededor del mundo para que otros los compraran, y se quedaran luego cerrados y vacíos. Nunca se supo quiénes lo habían comprado.

El huerto siguió su curso y se transformó con el clima, el paso del tiempo, los animales, el agua y las piedras hasta que una anciana lo encontró y lo hizo jardín. Mientras, la isla se quedaba sin viviendas para vivir y subían los precios del alquiler. El hotel fue ocupado por un grupo de amigos que solían ir a pasear y a merendar bajo el ullastrar de Torrellafuda. Se arregló, se llenó de gente de fuera y de dentro de la isla, se celebraron fiestas, tertulias, amistad, se concibió algún hijo: el hotel fue morada y cobijo. Pero de nuevo, cuando ya estaba terminado y a pleno rendimiento, hubo que dejarlo. No había más remedio. Los precios de alquiler de la región eran los más altos del país, las compras de casas de más de medio millón de euros se habían disparado. No se sabe muy bien quién mandó que se desalojara. Había una nueva gentrificación y, en el hotel, una mujer embarazada y varios niños cuando lo desalojaron. Menorca era una comunidad abierta para todos los que quisieran vivir, pero cada vez menos gente podía hacerlo. Y "el turismo de alto poder adquisitivo es un bien para todos".

Ayer: ocupación, conquista, dominio, soberanía, reincorporación, devolución, entrega.

Hoy: redistribución, desigualdad, precarización, especulación, masificación, gentrificación.

El pequeño edificio del viejo hotel se quedó solo, vacío y oscuro. Estaba inquieto, esperaba que otros vinieran y lo revivieran; aunque ya intuía que lo derribarían. Con tantos años de vida e historias, y una brújula, un baúl y un huerto. Primero dijeron que iban a ir a vivir los compradores y luego que construirían otro hotel. Pero ya se sabía lo que pasaría, porque había ocurrido con otras viviendas y terrenos. Cuando estuviera terminado, cerraría en invierno, porque el turismo no iba. Justo el momento en que los habitantes podrían disfrutar de eso para lo que se dijo que se abrían los hoteles, las viviendas y los terrenos: para todos los habitantes de la isla.

"Una isla así, tan pulida, con fósiles marinos incrustados en las fachadas, con piedras areniscas que absorben y expulsan los colores, con la misma luz sobrecogedora desde hace cinco siglos; pero indefendible".

Camps Extremera, Antonio; *El naufragio del Général Chanzy. Memoria de las víctimas*, Miquel A. Anglada Marquès, 2022.

Casasnovas Camps, Miquel Àngel; Sastre Portella, Florenci; *De Menorca a Istanbul. El saqueig turc de Ciutadella*, Ajuntament de Ciutadella de Menorca, 2010.

De Beauvoir, Simone; *El segundo sexo*, Cátedra, 1998.

Farrojzad, Forugh; *Eterno anochecer*, Gallo Nero, 2019.

Hafez; *Le divan*, Verdier, 2006.

Nizami; *Layla y Majnún*, José J. de Olañeta, 1991.

Rubio y Tuduri, Nicolás María; *Del paraíso al jardín latino*, Tusquets, 1981.

Este libro se terminó de imprimir
en el mes de junio de 2023
en los talleres de Estugraf Impresores SL,
en Ciempozuelos (Madrid).